Die Schweinehexe

Eine Backpacker-Novelle
von Roman Maze

Die Schweinehexe

Eine Backpacker-Novelle

Roman Maze

Bibliografische Information der Deutschen Nationalbibliothek
Die Deutsche Nationalbibliothek verzeichnet diese Publikation in
der Deutschen Nationalbibliografie; detaillierte bibliografische
Daten sind im Internet über http://dnb.d-nb.de abrufbar.

Lektorat und Korrektorat: Tino Falke www.tinofalke.de
Covergestaltung und Buchsatz: Jana Pokraka & GPT-4

Überarbeitete Neuauflage

Herstellung und Verlag: BoD – Books on Demand, Norderstedt
ISBN: 978-3-7583-1311-0

1

»Ach, dann reist du ganz alleine durch Nicaragua?«
Ingrids wasserblaue Augen weiteten sich, ihr Mund
formte sich zu einem aufgeschlossenen Lächeln.

»So sieht's aus!«, antwortete Nathan und ließ
dabei etwas Stolz durchblicken. »Ich habe mir nach
dem Bachelor einfach mal ein paar Monate Zeit
zum Reisen genommen. Rucksack auf und ab durch
Lateinamerika, dachte ich mir!«

»Nice! Du hast auf jeden Fall die richtige Wahl
getroffen, es ist einfach herrlich hier!« Nathan saß
auf einem kleinen wackligen Schemel, hatte gerade
eine Tüte Chips gefrühstückt und umklammerte
seine Tasse viel zu heißen Kaffee.

Die Küche in dem Homestay war halb offen und
grenzte frei an den mit Terrakotta gefliesten und
mit Kakteen bepflanzten Außenbereich des Hauses.
Die warme Vormittagssonne kitzelte Nathan angenehm im Nacken. Die Küche war grellbunt angestrichen, eine Wand war waldgrün, die gegenüber-
liegende spanischgelb.

Was der kleinen Gemeinschaftsküche noch einen zusätzlichen exotischen Touch gab, war Pacco. Ein handgroßer Papageienvogel mit giftgrünen Federn, der auf einer Metallstrebe in der Gittertür der Küche wohnte. Ab und an ließ er ein trillerndes »Ca-CAW« erklingen und sorgte damit für großes Hallo bei den Gästen. Sandini, ein kleiner Chihuahua mit vorstehenden Zähnen, lag müde in der morgendlichen Sonne.

Auf den zweiten Blick war alles ein bisschen verlebt und abgenutzt, aber Nathan hätte auch in einem Luxusresort nicht glücklicher sein können. Er war frei. Wenn er wollte, könnte er den ganzen Tag hier sitzen und Kaffee schlürfen. Ein wonniges Gefühl strahlte aus seinem Bauch. Die freundliche Sonne und das lässige Ambiente gaben ihm das Gefühl, mit seiner Reise an diesen Ort genau die richtige Entscheidung getroffen zu haben.

Es war sein erster richtiger Tag in León – sein erster Tag in Nicaragua und in Amerika überhaupt. Angekommen war er vorgestern mitten in der Nacht, nach über vierundzwanzig Stunden in viel zu engen Flugzeugsitzen und viel zu großen Flughäfen. Die Landeshauptstadt Managua hatte er nur als ein chaotisches Flirren im Gedächtnis, so übermüdet war er nach der Landung gewesen.

Für die zweistündige Fahrt in die zweitgrößte Stadt des Landes war er Gott sei Dank von einem vom Homestay vermittelten Fahrer abgeholt worden, der ihn durch die Nacht kutschiert hatte.

An manche Dinge würde er sich wohl gewöhnen müssen. Zum Beispiel an den Kühlschrank. Nathan musste beim Öffnen immer ein bisschen würgen. Die Türdichtungen waren schwarz gepunktet vom Schimmel, und das Innere selbst war so vollgestopft, dass er seine eigenen Sachen richtig reinquetschen musste. Halb leere bauchige Colaflaschen, angewelkt-bräunliches Grünzeug, offene Pakete mit Frischkäse, Dutzende verschmierte Einmachgläser mit unbekanntem Inhalt. Nathan hätte es nie laut gesagt, aber der Geruch, der ihm beim Öffnen entgegenschlug, erinnerte ihn am ehesten an volle Müllcontainer in der Sonne. Er war selber sicher kein Ordnungsfanatiker – seine alte Studibude daheim hätte bestimmt Preise für die versiffteste Wohngemeinschaft gewinnen können. Aber selbst dort war der Kühlschrank einmal im Jahr, wie von Mutti verlangt, mit Natron ausgewischt worden.

Gut, in diesem Homestay gingen jeden Tag neue Leute ein und aus, die ihr Futter hier reinstopften und wahrscheinlich oft genug vergaßen. Über zwanzig gute Bewertungen gab es für seine Unterkunft, die werden ja nicht frei erfunden sein. Er würde den Kühlschrank wahrscheinlich eh nur für Getränke benutzen. Kochen war nicht so sein Ding. Und auch wenn er sich freute, neue Leute kennenzulernen, Städte zu erkunden und sich im tropischen Ambiente zu verwöhnen, vor dem Essen hatte er schon ein wenig Respekt. Fremde Zutaten und ungewohnte Geschmäcker hatten ihn nie so richtig gereizt. Seine kulinarischen Freunde daheim waren Döner, Mäcces und Pizza. Hier in Nicaragua würde er sich ziemlich umstellen müssen, ahnte er.

Nathan wollte sich selber keinen Stress machen und war deshalb den ersten Tag in seinem Zimmer geblieben und hatte seinen Jetlag ausgeschlafen. Ein bisschen hatte er sich auch nicht richtig getraut, rauszugehen. Einmal war er kurz auf die Straße getreten, um etwas zu Essen zu holen. Schon schwierig gewesen. Im kleinen Laden nebenan, der Pulpería, konnte er sich nicht mal genug artikulieren, um eine Tüte Chips hinter der Kasse zu verlangen. Er musste umständlich mit den Fingern auf die Sachen im Schrank hinter der Verkäuferin zeigen und sie mehrfach korrigieren, weil sie was Falsches rausgeholt hatte. Er hätte gerne noch etwas Schokolade bekommen, aber die billigen Riegel, die er bislang hier gehabt hatte, schmeckten für ihn, als wäre Kakaopulver mit Pappe vermischt worden.

Ab heute ist Schluss mit dem faulen Lenz, dachte er. Ab ins echte Backpacker-Leben. Raus aus der Komfortzone und rein ins Abenteuer! Ab jetzt heißt es Feiern, Entdecken und Leute kennenlernen, am besten auch ein paar nette, aufgeschlossene Mädels.

Ingrid stand an der Arbeitsplatte und schmierte sich etwas Rotes auf ein Stück Weißbrot. Kaum zu glauben, dass er bei ihr tatsächlich schon etwas Anschluss gefunden hatte. Sie war eine kanadische Studentin, die hier in Léon ein Auslandspraktikum absolvierte und schon seit mehreren Wochen im Homestay wohnte. Sie hatte sich direkt nach seiner Ankunft herzlich bei ihm vorgestellt und ihn durch die Gemeinschaftsräume geführt. Nathan mochte ihr helles Gesicht, ihr superblondes Haar und dass sie beinahe so groß war wie er. Und sie schien echt nett zu sein, es gab also schon mal gute Vibes zwischen ihnen. Nathan brauchte nicht lange, um zu beschließen, dass er sich erst einmal an sie halten wollte.

Einfach mal so ein paar Monate Zeit genommen – ganz so easy war es nun nicht für ihn gewesen. Aber sollte er Ingrid direkt sagen, dass er seine Freundin verloren, sein Studium abgebrochen und diese Reise praktisch als Flucht aus seinem deprimierenden Leben in einer ziemlich langweiligen mitteldeutschen Stadt genutzt hatte?

Er dachte an seine Ex, Patricia, und versuchte, sie augenblicklich wieder aus seinem Kopf zu schmeißen. Was soll man schon von jemandem denken, der einen so lang begleitet und irgendwann so hintergangen hat, dass es nur noch schmerzte? Sie war seine erste richtig lange Beziehung gewesen, sie war bei ihm gewesen, als er sich an der Uni eingeschrieben hatte, mit ihr war er das erste Mal in Spanien gewesen und hatte Fisch im Restaurant gegessen. Sie hatte einen Schlüssel für seine WG, er für ihre. Bis es irgendwann alles abflaute. Ihre Begeisterung war nicht mehr da – obwohl er sich überhaupt nicht verändert hatte – und irgendwann hatte sie ihm in seinem Zimmer eröffnet, dass sie was mit diesem einen Typen am Laufen hatte, der immer auf der Bierbank neben ihm gesessen und ihn mit seinem App-Developmentscheiß zugelabert hatte. Das war's dann mit Patricia. Und mit seiner Stammkneipe irgendwie auch. Sein Studium lief sowieso nicht mehr. Er musste raus. Warum dann nicht gleich nach Mittel- und Südamerika?

Nathan hatte seine Reise zwei Monate nach der Trennung angetreten. Eine Ewigkeit für ihn, aber rückblickend betrachtet, ging das eigentlich ziemlich schnell. Für sein WG-Zimmer gab es gleich haufenweise Bewerber. An Krempel hatte er eh nicht viel, die paar Kisten konnte er noch im Keller seines Vaters unterstellen.

Wie er zuerst auf Nicaragua gestoßen war, wusste er gar nicht mehr. Leute im Internet hatten geschrieben, wie fantastisch es wäre, die Landschaft, die Kultur, die Geschichte – und viel billiger als Costa Rica. Hier wollte er starten und dann weiter nach Süden ziehen, Kolumbien, Ecuador, Peru entdecken. Orte, die er nur aus Dokumentationen und alten Donald-Duck-Heften kannte.

»Und was hast du so alles geplant?«, fragte Ingrid im Plauderton.

»Geplant habe ich noch gar nichts. Ich werde mal die Stadt erkunden und mich so vom Flow treiben lassen«, antwortete Nathan bemüht lässig.

»Also, wenn du nichts vorhast, kannst du dich unserer Gruppe anschließen, wenn du willst. Wir wollen in den nächsten Tagen mal eine Vulkanwanderung unternehmen.«

»Auf einen Vulkan?«, fragte Nathan überrumpelt. »Mit Lava und Rauchwolken und so?«

»Klar!« Ingrid leckte Marmelade von ihrem Brotmesser. »Es gibt einige davon hier in der Umgebung. Eine Freundin von mir will mit Leuten aus ihrem Hostel dort hoch.«

»Wahnsinn. Ich wollte schon immer mal einen Vulkan sehen!«, sagte Nathan ehrlich überrascht. In Wirklichkeit war er noch nie auf die Idee gekommen, aber jetzt, wo er die Möglichkeit hatte, bekam er schon Lust.

»Wir gehen auf den, äh, wie hieß er doch gleich?« Sie nahm ihr türkises Telefon vom Küchentisch, suchte etwas darin und beugte sich damit zu ihm. »You have to see the Telica Volcano!«, hatte ihr jemand geschrieben.

»Telica-Vulkan, klingt cool!«, sagte er und erhaschte dabei einen Blick in ihre enthusiastisch lachenden Augen.

»Wir fahren morgens los und bleiben über Nacht. Wir kennen auch einen Guide, der uns hochführt. Wir werden dann oben am Krater übernachten, und am nächsten Morgen geht's zurück.«

»Wir schlafen direkt auf dem Vulkan?«

»Ja, man wandert dort hoch, schaut den Sonnenuntergang an, und dann kann man an den Kraterrand klettern und die Lava sehen.«

»Klingt ja abgefahren. Ich bin dabei! Muss ich etwas mitbringen?«

»Bring Wasser und etwas zu Essen mit. Hast du einen Schlafsack?«

»Leider nein.«

»Ich glaube, da hinten bei dem Gerümpel liegt einer. Schau ihn dir mal an und frag Violeta. Sie lässt ihn dich bestimmt ausleihen.«

Ein aufgebrachtes Bellen unterbrach ihr Gespräch. Sandini, der kleine Hund, der vor sich hingedöst hatte, war aufgewacht und wetzte seine Pfoten an der Eingangstür, deren metallenes Schloss sich klappernd drehte. Die Tür öffnete sich, und der Winzhund wurde von einer schrillen Frauenstimme überschwänglich begrüßt. Auf dem Terrakottaboden klapperten Stöckelschuhe, und dann stand Violeta in der Küche.

»¡Bueenos díaas!«, rief sie in die Frühstücksgesellschaft. »¿Comó estais todo?« Viel mehr verstand Nathan nicht, denn die Gastgeberin fiel in ein brutal schnelles Spanisch mit schwerem nicaraguanischen Akzent, von dem er kaum Bruchstücke aufschnappen konnte. Ingrid und eine ihrer Freundinnen nahmen das Gespräch mühelos auf. Nathan hatte vor seiner Abreise zwar ein paar Stunden lang Spanisch mit einer Gratis-App gelernt, aber schon schnell gemerkt, dass er mit den Locals überhaupt nicht mitkam, sie hätten eigentlich auch Urdu sprechen können.

Violeta war das, was Nathan unter dem Stichwort »feurige Latina« beschrieben hätte, hätte man ihn danach gefragt. Schwarze, wallende Locken, übergroße goldene Creolen, knutschroter Lippenstift, ein Dress in Jamaica-Farben, das alle Rundungen an den richtigen Stellen betonte, Armreifen bis zu den Ellenbogen und an jedem Finger schätzungsweise drei bis vier Ringe. Feine Linien zogen sich über ihr sonnenbraunes Gesicht, das vor Lebenslust sprühte. Nur die tiefen, überschminkten Augenhöhlen verrieten, dass sie einige ereignisreiche Jahrzehnte verlebt haben musste. Ein paar der Worte, die Nathan verstand, als sich Violeta mit den Kanadierinnen unterhielt, waren »Esta noche«, »El Club« und »Fiesta de Salsa«, wobei sie das Wort in ihrem Nica-Dialekt eher wie »Fieta« aussprach. Ingrid nickte eifrig. Nathan kam sich etwas doof vor, ahnte aber schon, worum es ging.

»Die Leute hier sind besessen vom Salsatanzen«, erklärte Ingrid für Nathan. »Violeta gibt uns Tanzunterricht! Sie zeigt uns immer wieder coole neue Bars.«

»Oh, so richtiger Salsatanz? Mit schwingenden Hüften und so?«

»Ja, es macht echt Spaß! Kommst du auch mit?«

Nathan zögerte. Fiesta? Auf jeden Fall. Club? Gerne. Komplizierter Paartanz zu einer Musik, die er höchstens aus schnulzigen Filmen kannte? Eher nicht. Aber konnte er zu dieser erwartungsfrohen neuen Reisebekanntschaft Nein sagen?

»Salsa ist mein Leben!«, versuchte er zu witzeln.

»¡Bueno, Nathan nos acompaña!«, sagte Ingrid.

Violeta warf ihm einen gespielt zweifelnden Blick zu, lachte dann und sagte etwas in einer sonoren Stimme. »Schauen wir mal, ob der Kerl sich auf der Tanzfläche auskennt …«, übersetzte Ingrid mit einem Zwinkern.

Während Violeta ein paar Einkäufe in den Schränken verstaute, trapsten zwei leicht verpennte Kanadierinnen in die Küche, nahmen sich Kaffee und machten müde Frühstückskonversation mit Ingrid. Was für ein Glück, dachte Nathan. Eigentlich hatte er richtig Angst gehabt, dass er überhaupt keinen Anschluss finden und den ganzen Tag alleine durch die Gegend laufen würde. Mit anderen Leuten zu connecten war ihm immer schon schwergefallen. Und in einem fremden Land ist das ja noch mal was anderes. Außer das eine Mal mit Patricia war er eigentlich nur früher mit seinen Eltern so richtig im Urlaub gewesen.

Wie es Patricia hier wohl gefallen hätte, dachte er, als er seinen Kaffee leerte. Sie wäre bestimmt gerne mitgekommen, wenn sie noch zusammen wären. Aber sie hätte es wohl eher an den Strand verschlagen, nicht in die wilden Berge, so wie ihn. Wahrscheinlich hätten sie beide in der Küche gesessen, und Patricia hätte Busrouten zum Strand rausgesucht, während die Volunteer-Girls ihre Vulkantour geplant hätten. Dann würde Nathan mit Patricia am Strand sitzen und darüber nachdenken, wie sinnlos es doch ist, den ganzen Tag im Sand zu liegen, und wahrscheinlich Pommes essen und abends UNO spielen. Pärchenurlaub eben.

Und jetzt? Er ließ seinen Blick über die tropisch bunte Küche schweifen und blinzelte in den wolkenlosen Himmel. Pacco krächzte leise vor sich hin, ein paar andere Vögel sangen auf einem Mauervorsprung. Wenn Patricia sich nicht entschieden hätte, ihn zu betrügen, dachte er, würde er jetzt nicht mal davon träumen, in Nicaragua mit heißen kanadischen Studentinnen auf einen noch heißeren Vulkan zu steigen.

Nathan nahm sein Geschirr und brachte es an die Spüle, wobei er wie zufällig Ingrid an der Schulter streifte und ihr noch einmal lächelnd in die Augen schaute. Er wünschte allen einen schönen Tag und legte die Bananenschale in die Mülltüte, die am Türgitter verknotet war. Dabei unterschätzte er die Flinkheit von Papagei Pacco, der direkt darüber saß. Pacco keifte und biss ihm mit seinem gebogenen Schnabel in den Zeigefinger. Nathan zog die Hand zurück und riss dabei den Müllbeutel auf. Faulige Essensreste und verschmierte Verpackungen fielen auf den Boden.

»Mist!«, zischte er.

»¡Ayayayayay!«, rief Violeta. »¡Cuidado con el pájaro!«

Nathan entschuldigte sich und bückte sich, um den Müll aufzuheben. Blut tropfte von seinem Finger und vermischte sich mit dem Abfall. Violeta gab ihm ein Küchentuch, das er sich um den Finger wickelte. Dann fasste sie ihn plötzlich am Oberarm, sah ihn mit dunklen, eindringlichen Augen an und sprach in gebrochenem Englisch: »Die Tiere hier sind anders, als du es bei dir zu Hause gewohnt bist. Sie sind intelligenter, und wilder. Sei vorsichtig, sonst kommen deine Fehler auf dich zurück!« Dann zwinkerte sie und lächelte mit ihrem roten Lippenstiftmund. Nathan schluckte. Was sollte das denn jetzt heißen? Er schaute zum Vogel, der ihn frech anschaute und einen lustigen Piepser machte. Er ging aus der Küche und hörte die Frauen hinter sich im Plauderton weiterreden.

2

Nathan liebte sengende Sonnentage. Manchmal war er an Wochenenden, an denen alle anderen im Schwimmbad waren oder zu Hause vor ihren Klimaanlagen saßen, durch die Straßen seiner kleinen Heimatstadt gegangen und über großflächige Kreuzungen spaziert, als wäre er der letzte Überlebende einer Zombieseuche. Irgendetwas hatte es, wenn ein Ort so sehr bestrahlt wurde, dass sich niemand mehr hinauswagte. Etwas Verlockendes, wenn es nicht nur nicht empfehlenswert war, sondern absolut hirnrissig, sich irgendwie länger als unbedingt nötig im Freien aufzuhalten. Die flimmernde Verlassenheit hatte etwas endzeitlich Magisches für ihn.

Hier, in León, hatte er ein ähnliches Gefühl, als er auf die Straße ging, um die Stadt zu erkunden. Er lief extra auf der Straßenseite, die nicht vom dünnen Schatten der eingeschossigen Wohnhäuser geschützt war, und ließ sich die Sonne auf die Stirn knallen, die er vielleicht mal hätte eincremen sollen.

Der Spaß ging ein paar Hundert Meter, bis er so aufgeheizt war, dass er doch auf die Schattenseite wechselte. Gut, in der halbwegs gemäßigten Zone, aus der er kam, sahen die Menschen die Sonne, wenn man glücklich war, mal ein paar Stunden im Sommer. Dieser leere Himmel mit unerbittlicher Sonne war hier Dauerzustand.

Nathan fiel schnell auf, dass er nicht nur darauf achten musste, im Schatten zu bleiben, sondern auch, wo er hintreten konnte. Dort war eine Bodenplatte aufgeplatzt, da ein Schlagloch, kleine Treppenstufen stiegen ohne jegliche Funktion aus dem Bordstein heraus, Metallsporne von Konstruktionen, die früher vielleicht mal öffentliche Telefone gewesen waren, spießten aus dem Stein. Auch über seinem Kopf war Obacht geboten. Die überirdischen Stromkabel waren in undurchschaubaren Gewirren über die Straße verlegt, und einige von ihnen hingen lose herunter, sodass ein unachtsamer, langgewachsener Tourist leicht ein Kabelende mit unbekannter Elektrowucht im Gesicht hängen hatte.

Grillgeruch. Noch so etwas, das er mit angenehmen Sommerabenden zu Hause in Verbindung brachte. T-Shirt-Wetter und leichte Schwaden von verbrannter Grillkohle, die um die Häuser zogen. Würstchen, Koteletts, all das gute Zeug. Für Nathan bedeutete Grillgeruch, dass die Sommerferien nicht weit weg waren und es wahrscheinlich irgendwo wochenendliche Partys mit Freunden und Familie gab. Denselben Geruch von schwelender Holzkohle nahm er auch hier wahr. Schwere, schwarze Grills mit Hühnerbeinen und Schweineschwarten standen mitten auf dem Gehweg, teilweise saßen die Leute in Schaukelstühlen daneben, manche schienen auch ganz unbeaufsichtigt zu sein. Nathan hatte kaum ein vernünftiges Essen gehabt, seit er seine Heimat verlassen hatte. In den letzten drei Tagen hatte es nur Flugzeugfraß, Schmierbrot, Chips, Schokolade und zwei Bananen gegeben.

Ob er hier an den Grillständen einfach ein Hühnerbein kaufen konnte? Wahrscheinlich war das alles Familienessen, und er würde sich nur als absolut dämlicher Tourist outen, wenn er irgendwo an einen der Grills gehen und auf ein Stück Fleisch zeigen würde. Lieber irgendwo hin, wo auf einer englischsprachigen Speisekarte klar gemacht wird, was es zu essen gibt.

So langsam näherte er sich dem Ortskern. Der Verkehr wurde dichter, gelbe Taxis reihten sich aneinander, und daneben Marktstände, an denen die Verkäufer Sonnenbrillen, Mützen, T-Shirts und allen möglichen anderen Kram verkauften. Es war nicht so, dass Nathan sich auf dem Hinweg unsicher gefühlt hatte, aber wo es ein größeres Menschengewusel gab, fühlte er sich ein bisschen besser. Vielleicht, weil er hier nicht so sehr herausstach. Hier liefen auch andere junge Leute herum, die Backpacker sein könnten. Eigentlich galt Nicaragua ja als das sicherste Reiseland in Mittelamerika. Wenn er aufpassen würde, konnte ihm also nichts passieren.

Nathan schlenderte an den Ständen vorbei, wo alle möglichen Dinge verkauft wurden. Auf Plastikplanen lagen mechanische Teile, Rasierbedarf, Spielzeug, Telefonhüllen, Mützen. Ventilatoren mit Standfüßen aus alten Lenkrädern. So einen hatte er auch auf seinem Zimmer. Natürlich gab es auch Früchte und Gemüse. Viele Sorten, die Nathan noch nie zuvor gesehen hatte.

Die Restaurants hier hatten weder Menüs noch Preislisten oder irgendein erkennbares Kellner-Bediensystem. Er schaute in einen der Läden hinein. Ein paar Plastiktische mit Plastikstühlen und dahinter eine Theke mit Töpfen und Schalen, die ihn eher an eine Kantine als an ein Restaurant erinnerten. Sollte er hier etwas bestellen? Einfach mit dem Finger auf diese unbekannten Fleischstücke und Eintöpfe zeigen und hoffen, dass er was Leckeres bekam? Sollte er sich erst einen Platz suchen und dann bestellen, oder umgekehrt? Und wenn er das Essen nicht mochte? Würde er dann einfach alles stehen lassen, aufstehen und gehen? Nathans Füße trugen ihn weiter. Es war eh alles voll hier. Vielleicht sollte er sich etwas Einsteigerfreundliches suchen. Jetzt, wo er angefangen hatte, über Essen nachzudenken, bekamen sein Magengrummeln und Speichelfluss langsam ihren eigenen Kopf und erinnerten ihn daran, dass es mal wirklich Zeit wurde zu spachteln, bevor bestimmte andere Körperfunktionen in den Streik gehen würden. Gab es denn nirgendwo einen Burgerladen, mit großen Leuchtschildern über der Kasse, wo alles auf Englisch stand? Er beschleunigte seinen Schritt in die Richtung, in der er das Zentrum vermutete, achtete nicht mehr auf die Kleinigkeiten am Straßenrand, sondern nur noch auf potenziell Essbares.

Eine kleine Gasse führte ihn auf den Hauptplatz von León. Hier stand die koloniale Kathedrale, die er schon auf Bildern gesehen hatte. Drei breite Haupttürme, oben eine Jesusfigur, riesige Glocken und vor allem Weiß. Die Farbe der Unschuld war an einigen Stellen abgeblättert und verrußt, aber das war wohl, was man unter authentischem Charme verstand. Selbst, wenn Nathan nicht am Verhungern wäre, hätte er keinen großen Drang verspürt, hineinzugehen. Für Kirchenbesuche war er nun wirklich nicht um die halbe Welt gereist. Trotzdem hielt er inne. Die Sonne war nun im Tiefflug und tauchte den großen Platz in ein sanftes rosafarbenes Licht. Das lockte die Menschen hinaus, Familien saßen auf den Bänken und aßen Zuckerwatte, junge Pärchen mit Sonnenbrillen hatten sich an den wasserlosen Springbrunnen gehockt. Gegenüber der Kathedrale war ein großes Regierungsgebäude. Es war auch weiß, aber im Stil schlichter gehalten und auf der Front stand »Primera Capital de la Revolucio-n«. Das hintere »n« hatte sich gelöst und hing kopfüber. Richtiger Bananenrepublik-Flavour, dachte Nathan und machte ein Foto.

So, irgendwo musste es doch etwas Gemütliches geben mit vernünftigem Essen. Am Rande des Plazas gab es zwei Cafés, die aber nur Getränke auf der Karte hatten. Mist, dachte Nathan. Weitersuchen. Er schritt den Platz ab wie ein Major in Eile und bog in eine Gasse auf der anderen Seite ein. Wieder Grillgeruch, diesmal aber durchzogen von einer herrlichen Knoblauchnote. Da! Da war ein ziemlich großer Fressstand, rohe Fleischstücke und Gemüse lagen offen da und dahinter ein riesiger Grillrost mit vier Damen in weißen Kitteln, die fleißig Fleisch herumdrehten. Daneben ein paar Tische mit tollem Blick auf die Plaza-Szenerie und die kleinen Einkaufsgassen. Das ist es, beschloss er. Sein Blick suchte einen freien Platz, und fand blondes Haar. Das wird doch nicht – doch, tatsächlich. Das war Ingrid! Sie saß an einem der Tische mit den anderen Volunteer-Girls, und auch Violeta war dabei. Was ein Glück.

»Recht klein, diese Stadt, was?« Als er sich an den Tisch stellte, kam er sich wie ein Cowboy vor.

»Hey, Nathan«, sagte Ingrid. Alle mussten sich etwas quetschen, aber Nathan konnte noch eine Ecke am Tisch erobern.

»Was esst ihr denn?«, fragte er.

»Wir haben gerade Huhn bestellt«, sagte Ingrid. »Willst du auch eine Portion?«

Das Grillhähnchen war saftiger und würziger, als er es sich vorgestellt hatte, dazu gab es Reis mit Bohnen, gebratene Platanen – also große Kochbananen – und etwas Grünzeug. Nathan haute rein, als wollte er einen Fressrekord aufstellen.

»Schmeckt dir das Gallo Pinto?«, fragte Violeta.

»¡Si!«, antwortete Nathan mit vollem Mund und schaute dabei fragend zu Ingrid.

»Gallo Pinto, das ist der Reis mit Bohnen, das Nica-Nationalgericht!« Nathan zeigte mit dem Daumen nach oben, während er weiterschaufelte. Ingrids Kommilitoninnen waren in ein kicherndes Gespräch untereinander vertieft. Ingrid erzählte Violeta etwas auf Spanisch. Sie sprach langsamer als noch am Frühstückstisch und korrigierte sich immer wieder selbst. Nathan bekam mit, dass es wohl um ihre Arbeit ging. Nathan wollte zwar nicht unhöflich sein, aber auch nicht außen vor bleiben, deshalb fragte er in einer Gesprächspause einfach mal auf Englisch dazwischen.

»Ingrid, was machst du jetzt genau in deinem Volunteer-Job?«

»Ich arbeite in einem Zentrum für hilfsbedürftige Frauen und Mädchen. Also solche, die aufgrund ihrer sozialen Situation Probleme haben, in der Gesellschaft Fuß zu fassen, oder denen Gewalt angetan wurden.«

Nathan musste ein großes Stück Hähnchen runterschlucken, bevor er etwas sagen konnte. »Das ist ziemlich krass. Da hat man es sicher mit harten Schicksalen zu tun, oder?«

»Ja, total. In den Runden hört man viele schlimme Geschichten. Aber meist ist es wirklich locker. Gestern waren wir den ganzen Tag am Las Peñitas!« Als die anderen den Namen des nahegelegenen Strandes hörten, fiel eine Bemerkung, die Nathan nicht verstand, woraufhin die Mädels kicherten und Ingrid etwas entgegnete.

»Auf jeden Fall ziemlich bewundernswert, was ihr da macht«, warf Nathan noch ein, aber seine Bemerkung ging im Schwatzen der anderen unter.

Er sah zu seiner Gastgeberin hinüber. Violetas blutroter Lippenstift schien ungestört von dem fettigen Hähnchenschenkel, an dem sie knabberte, und ihre schwarzen Haare glänzten in absolut makellosen Wellenmustern. Wie er mit einem leichten Schreck feststellte, musterte sie ihn unverhohlen.

»Und du? Wie findest du León?«, rief sie über den Tisch und biss ein Stück Platane ab, dass sie zwischen ihren silber lackierten Fingernägeln hielt.

So weit konnte er sie gerade noch verstehen.

»Großartig! Ziemlich heiß! Aber superspannend alles hier«

Violeta schenkte ihm ein verständnisvolles Lächeln. »Ja, die Hitze ist tödlich hier. Im Sommer ist es noch schlimmer!« Sie hob einen bunt bemalten Fächer, der neben ihrem Besteck lag, und wedelte sich theatralisch Luft zu. »Gefallen dir die Chicas?«, fragte sie dann. Meinte sie jetzt die Chicas hier am Tisch? Oder hatte er falsch verstanden?

Nathan versuchte, nicht zu Ingrid herüberzuschauen, und brachte ein nervös grinsendes »Claro« hervor. Glücklicherweise schien niemand zu merken, wie verunsichert er war. Sein Kopf ratterte, um ein anderes Thema mit seiner Gastgeberin zu finden. Ihm fielen die Lettern auf dem Regierungsgebäude ein.

»León ist La Capital de la Revolucion, ja?« Violetas Blick streifte in Richtung Plaza, und Nathan war überrascht, als er etwas wie Verletztheit in ihrem Gesicht entdeckte.

»Die Revolution ist eine Mentira«, sagte sie mit etwas leiserer Stimme, was Nathan nicht verstand.

Ingrid hatte sich ihnen wieder zugewandt und erklärte Nathan: »Mentira bedeutet Lüge. Politik ist ein schwieriges Thema. Wir sprechen darüber besser ein anderes Mal.«

Sie fragte Violeta: »Wo waren wir denn gerade?«

»Ich wollte euch von dem Lobo erzählen«, antwortete sie.

»Richtig. Nathan, hast du die Statue von dem Wolf und dem Mönch da vorne schon gesehen?« Nathan schüttelte den Kopf. »Es geht um ein Gedicht eines nicaraguanischen Autors, Rubén Darío. Violeta wollte uns gerade davon erzählen.« Violeta lächelte Nathan mit geschlossenen Lippen an. Nathan verstand kaum ein Wort von ihrem rasselnden Nica-Spanisch, aber Ingrid übersetzte das meiste für ihn auf Englisch.

»Vor langer Zeit stand die Stadt namens León noch viel näher am Vulkan und war viel kleiner als jetzt. Die Menschen lebten hauptsächlich von der Schafzucht und vom Felde. Eines Tages wurden einige Schafe der Hirten gerissen. Und ein paar Tage später sogar ein Pferd. Und noch ein paar Tage später lag ein Priester ausgeweidet am Wegesrand. Er wurde mit aufgerissenem Bauch und abgenagten Beinen gefunden. Die Bewohner brauchten nicht lange, um den Schuldigen zu finden: Es war der Wolf, der in den Bergen lebte, dort heulte und immer dann hinabkam, wenn er hungrig war. Kein Trapper konnte ihn fangen, kein Jäger konnte ihn schießen. Eines Tages wanderte ein Mönch einen Bergpfad entlang. Es war der heilige Franziskus, der bekannt dafür war, gutmütig zu allen Tieren zu sein. Der Wolf stellte sich ihm in den Weg, fixierte ihn mit seinen wilden Augen und knurrte. Franziskus aber hatte keine Angst, sondern baute sich vor ihm auf, hob die Hand und machte das Zeichen des Kreuzes:

›Friede sei mit dir, Bruder Wolf‹, sagte er gelassen. Der Wolf hörte auf zu knurren und begrüßte Franziskus ebenfalls. ›Warum verbreitest du Tod und Schrecken?‹, fragte der Mensch das Tier. ›Warum mordest du arme Bauern und gute Priester und vergießt ihr Blut? Bist du ein Wesen des Teufels? Kommst du aus der Hölle?‹

Und der Wolf antwortete: ›Heiliger Franziskus! Der Winter ist hart. Hasen und Mäuse zeigen sich nur selten. Hunger treibt mich in die Stadt. Ich muss fressen zum Überleben.‹ Der Wolf beschnupperte den Mönch. ›Und was sprichst du Mensch vom Blutvergießen? Ich habe Jäger gesehen, die junge Rehe und Schweine ausbluten ließen. Die sahen überhaupt nicht hungrig aus.‹

Franziskus antwortete: ›Natürlich, die Menschen tragen Sünde in sich. Das ist traurig genug. Aber die Seele von einem Biest wie dir ist rein. Ich sage dir etwas: Von heute an bekommst du von uns zu essen, was du willst. Du bist friedlich zu uns und verbreitest keinen Schrecken mehr. Dafür füttern wir dich.‹ Und der Wolf war einverstanden und gab Franziskus die Pfote darauf.

Und Franziskus ging zu den Menschen und sagte ihnen: ›Ich habe den Wolf an meiner Seite. Von nun an werdet ihr ihn füttern, und er wird lieb zu euch sein.‹ Er nahm den Wolf in seine Kapelle und sang ihm Kirchenlieder vor, und der Wolf wurde ganz zahm und leckte dem Heiligen die Füße. Die Menschen fütterten ihn, und der Wolf tat ihnen nichts mehr.«

In dem Gewusel der Leute auf der Straße waren zwei Männer in Uniform auf ihren Tisch aufmerksam geworden. Nathan sah, wie einer von ihnen dem anderen zunickte und sie ihren Schritt verlangsamten, um ihr Grüppchen etwas zu beobachten. Sie schienen hören zu wollen, was Violeta diesen jungen, weißen Leuten da erzählte. Er bemerkte auch, dass sie für einen Augenschlag lang die Polizisten registrierte. Als sie unbeirrt von Kirchen und dem heiligen Franziskus weitererzählte, kam es Nathan so vor, als ob sie eine abschätzige Bemerkung darüber machen würden, kurz lachten und dann weitergingen. Ingrid schien das nicht mitbekommen zu haben und übersetzte fleißig weiter.

»Irgendwann verließ Franziskus die Stadt. Der Wolf ging wieder in die Berge zurück. Und die Menschen hörten wieder sein furchterregendes Heulen in der Nacht. Es gab wieder Tote, und die

Angst machte sich erneut breit. Als der Heilige zurückkehrte, hörte er von dem erneuten Leid und ging zu dem Wolf in die Berge.

›Im Namen des Vaters, warum bist du wieder böse geworden?‹

Der Wolf antwortete: ›Komm nicht zu nahe, Mensch. Ich war ruhig und zahm, als ich in deiner Kapelle war und gefüttert wurde. Aber dann bin ich zu den Leuten gegangen. Und ich habe Neid und Wut und gierige Gelüste gesehen. Brüder haben sich bekriegt, und die Bösen haben gewonnen. Und als sie sahen, dass ich harmlos geworden war, begannen sie mich zu schlagen und gaben mir Abfall zu essen. Da kam das Biest wieder in mir hoch. Der Blutdurst. Aber ich wusste, dass dieses Biest immer noch besser als die Menschen ist. Ich muss nur töten, um zu überleben. Lass mir meine Freiheit und gehe zurück in deine Kapelle, Heiliger!‹

Und Franziskus blieb nichts anderes übrig, als zu seinem Gott zu beten.«

Nathan hatte bei der Geschichte die meiste Zeit an Ingrids Lippen gehangen, die Violetas Worte übersetzten, und an ihren Fingern, die zwischendurch immer wieder an ihrem Hemd zupften, um ihren Oberkörper zu lüften. Erst als Ingrid fertig war, schaute er zu Violeta hinüber und merkte, dass sich etwas in ihrem Ausdruck verändert hatte, während sie erzählt hatte. Irgendwas in ihrer Ausstrahlung, die Nathan in ihrer Souveränität so sehr verunsicherte, war verschwunden. Etwas in ihrem Blick wirkte für einen Moment verwundet.

»Warum hast du gerade diese Geschichte erzählt?«, fragte Ingrid Violeta.

»Als ich klein war«, antwortete sie, »wurde mir diese Sage immer wieder erzählt. Am Anfang, da hatte ich Angst vor dem Wolf. Er ist ein Menschenfresser, dachte ich. Egal, was die Menschen sich gegenseitig antun mögen, ich will nicht gefressen werden. Wenn Menschen Blut vergießen, dann tun sie dies aus Ehre, weil sie sich auflehnen müssen, gegen Unterdrückung. Ich hätte mich erschießen lassen für die Revolution. Und dann, dann hat das Leben mich gelehrt, was die Menschen wirklich sind. Und ich habe verstanden, was der Wolf gemeint hat, als er sagte: ›Und ich begann zu kämpfen. Um mich zu verteidigen und um zu essen. Wie der Bär und der Eber, die töten, um zu leben. Lass mich auf dem Berg, lass mich an der Klippe, lass mich in Freiheit existieren.‹«

In der Runde war es still geworden.

»Mir tut der Wolf leid«, sagte Ingrid. »Er will ja nur etwas zu fressen haben. Wir haben Angst vor wilden Tieren, aber vergessen, dass der Mensch viel gefährlicher ist. Weil wir immer nur an uns denken, selbst wenn wir genug zu essen haben.«

»Das erinnert mich an alte Fabeln, wo sprechende Tiere in moralische Verwicklungen geraten«, warf Nathan ein. »Die Geschichte ist bestimmt sehr alt, oder?«

Violeta nickte. »Sie wurde von Christen erzählt, aber nur bis zu den Punkt, wo Franziskus den Wolf zähmt. Frühere Erzählungen dienten dem Zweck, zu zeigen, wie gütig Franziskus gegenüber dem wilden Biest ist und es mit Gottes Hilfe befriedet. Rubén Darío hat die Geschichte weitererzählt und die wahre Natur der Menschen herausgestellt.«

»Ihr müsst in Nicaragua sehr stolz auf ihn sein, wenn ihr ihm Denkmäler setzt.«

»Wir haben hier nicht nur Denkmäler für die guten Menschen. Wenn du etwas über die düstere Geschichte des Landes erfahren willst, solltet ihr das Museum der Mythen und Legenden besuchen.«

»Wie denkst du denn heute über den wilden Wolf?«, fragte Nathan Violeta.

Sie lächelte. »Heute ist er mein Verbündeter.«

3

»Willkommen im Cárcel la 21! Dem Ort, wo Mythen und Legenden zum Leben erwachen. Wo die grausamen Verbrechen der Vergangenheit an den Wänden kleben! Von hier aus drangen die Schreie der Geknechteten an die Ohren der nicaraguanischen Bevölkerung und erinnerten sie daran, wer Herrscher war. Sehen Sie das Blut an den Wänden, betrachten Sie die Bilder der Gräueltaten und lernen Sie dabei über die bunten Märchen und vielfältigen Traditionen Nicaraguas!«

Der Museumsguide, der sich als Raphael vorgestellt hatte, ging Nathan etwa bis zum Bauchnabel. Er trug einen schwarzen, abstehenden Haarkranz um seine Glatze und eine verbogene Mahatma-Gandhi-Brille.

»Was soll *das* denn für ein Ort sein?«, fragte Nathan Ingrid erstaunt.

»Das lokale Museum der Legenden und Traditionen!«, antwortete sie.

»Ja, ich weiß, aber wie ein Museum sieht das nicht aus.«

Sie standen vor einer sonnenverblassten Stein-statue eines jungen Mannes, der ein schwarz-rotes Tuch in Cowboymanier vor dem Gesicht trug. Ein Stein in der rechten Hand, zum Wurf bereit. Dahinter eine Mauer aus verrußten, porösen Backsteinen, auf der ein Holzgeländer mit zwei Wachposten an den Enden wackelte. Palmen und Mangobäume schmückten die Szenerie. Nathan fühlte sich fast wie in dem tropischen Level eines Forts in einem Videospiel.

Raphael nahm ihnen ein paar Córdobas Eintrittsgeld ab, die er sich in seine übergroße, dunkle Stoffhose steckte, und winkte sie hinein. Sie durchschritten ein Gittertor und befanden sich in den Innenmauern vor einem weiß getünchten, eingeschossigen Gebäude. Die linke Mauer wurde bewacht von einer etwa acht Meter großen Frau. Ihre aufgemalten, mit großen Wimpern versehenen Augen schauten in die Ferne, ihre Schultern waren stangengerade, und über ihrer enormen Figur trug sie ein feierliches Kleid, ausgeschmückt mit Rüschen und glitzernden Applikationen. »Unsere Frauen werden ziemlich groß!«, witzelte der Guide.

»Das ist eine Gigantona«, erklärte Ingrid, woraufhin Raphael anerkennend nickte. »Sie werden bei festlichen Umzügen durch die Straßen getragen. Ich glaube, sie stehen für die Schönheit und Grandiosität der Frauen.«

»Grandios ist die Puppe auf jeden Fall. Wenn ich was Schönes sehen will, gucke ich mich aber lieber auf Augenhöhe um!«, entgegnete Nathan und versuchte Ingrids Blick zu erhaschen. Es gelang ihm nicht.

Als er an die Wände des Hauptgebäudes schaute, wurde Nathan mulmig. Großformatige Zeichnungen, auf denen Menschen geschlagen wurden, mit Schmutz beworfen oder aufgehangen. Ihr Guide platzierte sich unter einem Bild, auf dem einem Mann die Zähne mit etwas bearbeitet wurden, das wie eine Feile aussah. Nathan leckte sich über die eigenen Zähne und spürte das Kratzen in seinem Kopf.

»Dieses Gebäude war bekannt als das Gefängnis 21. Es wurde zu Zeiten des faschistischen Somoza-Regimes errichtet, das von den USA unterstützt wurde. Hier wurden politische Gegner, Obdachlose, Schizophrene und Andersdenkende eingekerkert und gefoltert. Es gab Peitschenhiebe, Elektroschocks, Isolationshaft und einige andere Methoden. Furcht und Einschüchterung, um mehr ging es nicht. 1979 haben die heldenhaften Genossen der sandinistischen Revolution diese Festung des Terrors befreien können. Danach hat das Volk beschlossen, einen Ort des Gedenkens zu errichten, um an die Gräueltaten der Faschisten zu erinnern. Gleichzeitig feiern wir in diesem Museum das wertvolle kulturelle Erbe der Legenden und Traditionen Nicaraguas.«

Raphael gab seinen Vortrag auf Englisch mit so schwerem Akzent, dass Nathan Schwierigkeiten hatte, ihn zu verstehen. Er und Ingrid folgten dem Guide in die einzelnen Räume.

»Haben es die Andersdenkenden denn heute in 2017 besser?«, fragte er Raphael.

»Sicher!«, lachte der alte Mann. »Die Revolution kümmert sich um jeden Menschen wie um ihre eigenen Kinder. Im Grunde sind die meisten Menschen glücklich. Solche Dinge wie Demonstrationen gibt es in León gar nicht.«

Nathan schaute zu Ingrid rüber, die ihm mit einem stummen Kopfschütteln zu verstehen gab, dieses Thema besser nicht weiter zu vertiefen. Die Tour führte durch Räume, die früher als Kerker gedient hatten. Einige von ihnen waren im Inneren durch Mauerwerke unterteilt. Diese Backsteinzellen waren so klein wie Nathans Zimmerdusche. Jetzt standen hier bunte Figuren, die entweder berühmte historische Persönlichkeiten oder Sagengestalten darstellen sollten. Die kruden Puppen waren allesamt aus Holz oder Zinn gefertigt. Die Gesichter waren in plakativen Farben aufgemalt und mit großen weit offenen Augen versehen. Gekleidet waren sie in bunte Stoffe, die nach den vielen Jahren als Ausstellungsstücke verblasst und verstaubt wirkten. Nathan fand es witzig, wie dick die ausgestopften Hände aussahen.

»Finger wie deutsche Würste«, sagte er zu Ingrid und brachte sie damit zum Lachen.

Während sie durch das Museum liefen, fiel es Nathan schwer, Raphaels hastig runtergesprochenen Ausführungen zu folgen, also trottete er einfach ihm und Ingrid hinterher, die jedes seiner Worte begierig aufzusaugen schien. Sie trug graue Leggins und ein T-Shirt ihrer Volunteer-Organisation. Nathan bemerkte, dass sie es halb in den Hosenbund gesteckt hatte. Richtig keck. Ob Raphael wohl dachte, dass sie ein Pärchen wären? Wahrscheinlich war es ihm egal.

Sie gingen vorbei an einer Puppenfrau mit wilden Haaren, die einen Salamander auf der Brust trug, an einer Puppenbraut im weißen Kleid, die mit Kunstblut bekleckert war, an einer schwarzen Schweinefigur, an männlichen Puppen mit aufgemalten Schnurrbärten und verstaubten Anzügen. An den Figuren waren Schilder, auf denen ein paar erklärende Worte standen. Nathan fiel auf, dass die Texte teils von echten historischen Personen handelten und teils einfach Märchen erzählten. So stand auf einem Schild die Biografie eines einflussreichen Politikers, und ein paar Meter weiter wurde neben einer anderen Figur erzählt, die wohl ein Gespenst darstellen sollte und nachts Leute auf der Straße erschreckte. Kurios, dachte Nathan, wie hier Wirklichkeit mit Erfundenem vermischt wurde, und dann noch an so einem düsteren Ort. Nathan fiel es leichter, seinen Blick lieber auf Ingrid als auf den deformierten Pappfiguren verweilen zu lassen.

In einem Raum war eine ganze Kutsche aufgebaut, vor die Ochsengerippe aus Pappmaché gespannt waren. Menschliche Skelette in schwarzen Gewändern standen daneben.

Raphael erzählte: »Die Indigenen kannten damals weder Pferde noch Kutschen. Als die Conquistadores kamen, um ihr Land zu rauben, überfielen sie die Dörfer oft mit riesigen Wägen, die schon von Weitem zu hören waren. Die Eindringlinge haben die Einwohner versklavt und sie dann an die Kutschen angebunden, wo sie mitlaufen mussten. Das Klappern der fremdartigen Gefährte hat solche Furcht in den Menschen ausgelöst, dass das Geräusch mit ewiger Qual verknüpft wurde. Daraus entstand die Legende eines Wagens, der von verdammten Seelen gezogen wird.«

An der Wand hinter den Skeletten waren lebensgroße Zeichnungen von Etagenbetten, auf denen geschundene Gefangene zusammengequetscht waren. Nathan überkam ein schlechtes Gewissen. Wie viel Leid die Menschen haben ertragen müssen. Vor 200 Jahren, vor 50 Jahren, und heute teilweise immer noch. Und er kam hierhin, um sich zu vergnügen. Aber war das so falsch? Immerhin brachte er frisches Geld ins Land. Von dem Eintritt ins Museum konnte sich Raphael eine Mahlzeit oder so kaufen. Die beiden waren fertig mit dem Museumsrundgang und gingen in Richtung Homestay.

»Verdammte Seelen, Geister und Märchenfiguren. Braucht es solche Spinnereien gerade hier, wo es sowieso schon so viel Leid gegeben hat?«, fragte Nathan.

»Ich glaube«, sagte Ingrid, »dass diese erfundenen Geschichten den Menschen helfen, mit all den echten abscheulichen Taten irgendwie umzugehen.«

»Ich finde das irgendwie komisch. Ich meine, ich gucke gerne Horrorfilme, auch die ganz harten Sachen. Aber wenn man so viel Gewalt mitgemacht hat, warum muss man dazu noch mehr Geschichten erfinden?«

»Ich habe mal gehört«, entgegnete Ingrid, »dass in jeder guten Geschichte auch ein Stück Wahrheit steckt.«

4

Die Temperaturen kühlten in der Nacht zwar auf ein erträglicheres Maß herunter, in dem kleinen Club war es aber wieder so heiß, dass Nathan auch ohne zu tanzen schon schweißnass war. Die dicht gedrängten Menschen waren in einen ekstatischen Tanzrausch verfallen. Heiße Körper zuckten aneinander, Frauen wurden von Männern durch die Gegend gewirbelt und ließen sich in deren Arme fallen. Die Füße der Tänzerinnen und Tänzer bewegten sich in komplexen Rhythmen vor und zurück, seitwärts und diagonal, dass Nathan ganz kirre vor Augen wurde. Schreiende Rasseln schallten so laut durch die blechernen Boxen, dass es höllisch knarzte, was allerdings niemanden zu stören schien.

Nathan stand mit einem Glas Toña-Bier an der Bar. Leider war er der Typ Tänzer, der überhaupt keiner war. Er hatte zwar die ein oder andere Nacht in Clubs überlebt, aber da ging es eher um elektronische Musik, bei der jeder mehr oder weniger für sich vor sich hin zuckte. Dies hier war eine ganz andere Angelegenheit, die Menschen mussten die Salsa-Moves schon im Kindergarten gelernt haben, so leichtfüßig absolvierten sie die komplexen Bewegungsabläufe. Nathan erspähte Ingrid und vier ihrer Volunteer-Kolleginnen, die im Kreis standen und tanzten. Sie wirkten zwar etwas staksiger als die Nicas, aber beherrschten definitiv einige Schritte. Die Kanadierinnen waren im Schnitt einen Kopf größer als der Rest der tanzenden Meute und stachen mit ihren blonden Haaren aus der Menge hervor.

Das merkten auch die Typen. Alleine in der Minute, die Nathan ihnen zuschaute, kamen drei Männer auf die Gruppe zugetanzt und forderten sie mit wackelnden Schultern und breitem Lächeln zum Tanz auf. Nathan leerte sein Toña mit einem großen Schluck und bewegte sich auf die Frauen zu, wobei er zumindest versuchte, sich zu jedem dritten oder vierten Beat zu bewegen. Selbst in Deutschland war er mit seinem schlaksigen, hochgewachsenen Körperbau oft aus der Masse herausgestochen. Hier war er locker der größte unter den Tanzenden, und dazu kam noch sein strohblondes Haar und die Brille, beides zusammen eher ein ungewöhnlicher Look hier. Als er bei den Frauen war, hatte sich der Kreis aufgelöst, zwei von ihnen tanzten jetzt mit den Locals. Nathan war gerade rechtzeitig bei Ingrid, bevor sich ein weiterer Kerl an sie herantanzen konnte. Mit ein paar hilflosen Bewegungen bekam er ihre Aufmerksamkeit. Sie schenkte ihm ein aufmunterndes Lachen.

»Kannst du mir ein paar Schritte beibringen?«, schrie er Ingrid ins Ohr. Sie nickte und nahm seine Hände.

»Links vor, rechts zurück! Fuß hoch, Fuß runter«, instruierte sie ihn. Sie hob ihre und seine Hand und drehte sich vor ihm wie eine Spielfigur. Nathan hatte Mühe, in den Takt zu kommen. Er versuchte es, schien aber immer genau in die entgegengesetzte Richtung von ihr zu kommen. Die Musik schien ebenfalls nicht so zu wollen wie er. Plötzlich kreiste Violeta herbei, voll in ihrem Element. Ihre Hüften schienen vollkommen eigenständig auf die Rhythmen zu reagieren, ihre Füße bewegten sich so schnell, dass Nathan kaum mit den Blicken hinterherkam. Mit einem Zwinkern nahm sie die Hand von Ingrid, verlangsamte ihr Tempo und führte Ingrid gekonnt über die Tanzfläche. Diese konnte nun ihrerseits ein bisschen auftrumpfen und sprang von einer Seite ihrer Lehrerin auf die nächste. Kurz darauf waren sie in der Menge verschwunden. Nathan stand nun alleine und versuchte den Takt zu halten. Eine Nica-Dame mit Spaghettiträgern huschte vorbei. Nathan versuchte ihre Aufmerksamkeit zu bekommen und streckte seine Hand aus, wie er es vorher bei den anderen gesehen hatte. Sie schlug tatsächlich ein, merkte aber nach ein paar Takten, wie ungelenk er war, ließ dann den Kopf vor Lachen nach hinten fallen und verschwand mit einer kunstvollen Drehung aus seinem Gesichtsfeld.

Wie gut, dass es so vollgepackt war, dass niemand richtig darauf achtete, wie er auf dem Dancefloor versagte. Rückzug, dachte er sich und bewegte sich an die Sicherheit der Theke. Frauen in einer Tanzbar klarmachen war nicht sein Ding. War es nie gewesen, würde es nie sein. Lieber an einem Tisch mit einem Bier in der Hand, wo man tatsächlich miteinander sprechen konnte. Da konnte er jemandem wie Ingrid zuhören, ein paar lakonische Sprüche abseilen und sich für ihr Leben interessieren. Ganz ehrlich und ohne Interesse heucheln zu müssen, würde er sie fragen, wie das Leben in Kanada war, wie es war, in Quebec zur Uni zu gehen, ob die Leute dort auch auf dem Campus kifften, solche Sachen halt.

Wenn er Ingrid rumkriegen wollte, würde er dafür morgen auf der Vulkanwanderung genug Zeit haben. Sie würden da oben ja sogar übernachten, vielleicht könnte ja dort sogar etwas laufen. Etwas auf einem Vulkan zu haben, war jetzt echt eine realistische Möglichkeit geworden, Mann, und vor einer Woche um diese Zeit hatte er noch auf einem kaputten Bürostuhl in seiner kleinen Bude gesessen und *Doom* gespielt. Die Tanzenden wurden immer mehr und die Luft immer schwüler. Nathan wurde von einem verschwitzten Rücken an die Theke gedrückt. Er hatte so gar keine Lust mehr, zusammengequetscht zu werden. Während er auf die Bedienung wartete, trafen seine Blicke sich mit denen eines Lockenkopfes, der definitiv auch nicht von hier war. Er grüßte Nathan wie einen alten Freund. »Du bist mit Violeta gekommen?«, rief er mit markantem Schweizer Akzent durch die Salsamusik.

»Ja, kennst du sie?«

»Klar, ich bin Stammgast in ihrem Homestay.«

»Ach, echt? Da wohne ich auch!«

»Dann bist du bestimmt der Typ, der mein altes Zimmer belegt! Zweite Tür hinter der Küche?«

»Genau das.«

»Dann haben wir uns bislang wohl verpasst. Ich bin Urs!«

»Nathan. Ich bin vor drei Tagen angekommen.«

Urs winkte den Kellner hinter der Theke heran.

»Was trinkst du?«

»Äh, Toña«, antwortete Nathan.

»Ah, ein Freund von wässrigem Bier! Willst du nicht lieber einen Nica Libre? Geht auf mich!«

Wie konnte Nathan da Nein sagen? Kurz darauf stießen sie mit gut gefüllten Gläsern Rum-Cola an.

»Du bist zum ersten Mal in Nicaragua, richtig?«

»Äh, ja, warum?«

»Das sieht man!«, lachte Urs und schaute an ihm herunter. »Du hast Glück, dass du in deinen Shorts überhaupt reingekommen bist. Niemand außer den Gringos läuft in Lateinamerika in kurzen Hosen herum.«

Auch das noch, dachte Nathan. Er hatte überhaupt keine lange Hose eingepackt.

»Ich will den Mädels halt meine schlanken weißen Beine präsentieren, was dagegen?«

Urs lachte und klopfte Nathan auf die Schulter.

»Hammer! Und, schon Erfolg gehabt?« Er nickte in Richtung Tanzfläche.

»Ich bin heute nicht so in Salsastimmung. Gibt es nicht irgendwo auch ein paar ruhigere Bars? Wo man sich besser unterhalten kann?«

»Wenn du's ruhig willst, musst du auf dein Zimmer gehen«, antwortete Urs. »Aber ich weiß, was du meinst. Wie der Zufall so will, habe ich gerade überlegt, in ein nettes kleines Lokal zu wechseln. Was meinst du?«

Nathan war interessiert. Neuer Laden, neues Glück. Er müsste nicht mehr wie ein Trottel am Rand stehen und würde auch nicht am Rockzipfel der Mädels darauf warten, bis sie fertig waren, zu dieser plärrenden Musik zu tanzen. Und dieser Typ schien in Ordnung zu sein und Ahnung vom lokalen Nachtleben zu haben. Vielleicht hatte Ingrid ja auch Lust mitzukommen.

»Gerne, ich frage mal die Mädels, ob sie mit am Start sind.«

Nathan blickte sich nach Ingrid und Violeta um, die gerade in der Nähe der Bar waren. »Wir gehen nach Hause«, rief ihm Ingrid durch die Musik ins Ohr. »Kommst du mit?«

»Jetzt schon?«, fragte Nathan verwundert. Seine erste Partynacht in Nicaragua, und er fühlte sich, als würde es jetzt erst losgehen. Er überlegte. Sollte er Ingrid nicht nach Hause begleiten? Vielleicht würde sie ja noch auf einen Absacker auf sein Zimmer kommen wollen. Aber andererseits – wahrscheinlich auch nicht. Morgen würde er den ganzen Tag und die ganze Nacht Zeit haben, sie ein wenig besser kennenzulernen.

»Ich ziehe mit Urs noch weiter, okay?«

Ingrid zuckte mit den Schultern. »Okay, aber morgen früh wird's anstrengend, denk dran! Wir gehen um sechs Uhr raus! Wenn du mitwillst, sei besser pünktlich.«

»Ich bin Deutscher, schon vergessen? Wir sind immer pünktlich!« Er zwinkerte ihr zu.

Urs leerte seinen Rum-Cola in einem Zug aus, sah Violeta, warf sich ihr um den Hals und rief ihr etwas ins Ohr. Violeta schaute kurz rüber zu Nathan und wandte sich dann an Urs. Sie sagte ihm ein paar Takte, wobei sie streng den Zeigefinger auf ihn richtete. Dann ging sie zu Nathan. »Ihr nehmt ein Taxi, wenn ihr noch in eine andere Bar wollt, claro? Und nach Hause auch. Nicht zu Fuß nachts durch die Stadt gehen!«

»Na sicher!«, antwortete Nathan.

Der Nica Libre hatte Nathan auf Touren gebracht. Im Grunde, dachte er, könnte er ewig so weitermachen. Er hat die letzten Tage ja fast nur gepennt. Und es war gerade mal 23 Uhr. Ein Stündchen in einer gemütlichen Bar würde ihn ja sicher nicht umbringen.

5

»Sollen wir ein Taxi nehmen?«, fragte Nathan Urs, als sie die Salsabar verlassen hatten.

»Quatsch!«, kam es zurück. »Es sind drei oder vier Blocks, wir brauchen keine zehn Minuten zu Fuß.« Abseits von den vereinzelten Bars und Restaurants, wo kleine Grüppchen vor dem Eingang standen, tat sich nicht besonders viel auf der Straße. Hier und da sah er immer noch einen Grill vor sich hin schmoren. Sie kamen an einem Basketballplatz vorbei, auf dem noch ein paar Jungs Körbe warfen. Straßenlaternen, Neonschilder und ein paar Bars sorgten für gelb-orange schimmerndes Licht. Einige blonde Mädchen, bestimmt Volunteers wie Ingrid, saßen an einem Food Truck, wo es Hamburger gab, und tranken gut gelaunt mit Plastikstrohhalmen aus großen Pappbechern. Also alles ganz sicher, beruhigte sich Nathan selber.

»Du weißt, wofür dieser Platz bekannt ist, oder?«, fragte Urs ihn und zeigte auf den Basketballplatz. »Das war ein Exekutionsplatz. Hier sind

Hunderte Menschen von Somozas Faschisten erschossen worden.« Jetzt erkannte Nathan zwischen mehreren Graffitis an der großen Steinmauer ein großes Wandgemälde. Es zeigte eine Straßenszene, auf der eine Gruppe von Demonstranten mit wehenden Fahnen einem Trupp Soldaten mit Gewehren im Anschlag gegenüberstand.

Nathan ließ seinen Blick über den asphaltierten Platz schweifen. Drei Jungs dribbelten unter einem der Körbe, am Rand saßen ein paar Mädels und schauten zu. Noch so ein Ort mit schrecklichem Hintergrund. Immerhin scheinen sich die Zeiten geändert zu haben, und die Leute scheinen sich hier amüsieren zu können, dachte Nathan.

»Ich kenne hier noch eine kleine Pulpería, was sagst du zu einem Wegbier?«, fragte Urs.

»Wegbier? Sind wir denn nicht gleich schon da?«

»Ist noch ein Stückchen. Ich hol schnell zwei.«

Urs drehte sich um und schritt in eine kleine Seitenstraße. Nathan folgte ihm in einen winzigen Laden, in dem Urs freudig vom Mann hinter der Theke begrüßt wurde. Die beiden witzelten miteinander und verfielen dann in ein Gespräch auf Spanisch, von dem Nathan nicht viel verstand. Urs stand mit dem Rücken zu ihm und machte keine Anstalten, ihn einzubeziehen. Jetzt verquatscht er sich noch, dachte er. Nathan hasste es, irgendwo rumstehen zu müssen. Vielleicht mal die Gegend abchecken. Zwei Backpackerinnen kamen ihm auf der anderen Straßenseite entgegen. Nathan versuchte, mit einem Lächeln und einem »Hey, what's up?« ihre Aufmerksamkeit zu bekommen. Aber sie schauten nur kurz in seine Richtung und beachteten ihn nicht weiter. Na dann nicht, dachte er und ging weiter in die Gasse rein.

Nur eine gelblich flackernde Straßenlaterne spendete hier ein wenig Licht. Er sah eine männliche Gestalt, die die Straße in seine Richtung schlurfte. Schlapper Strohhut, Lumpen und langer Zottelbart. Nathan wechselte die Straßenseite, wo ein mit Gestrüpp überwachsenes Stückchen Brachland lag. Er merkte, wie die Schritte des Mannes kurz aufhörten, und drehte sich zu ihm um. Selbst in zehn Metern Entfernung sah er den Gelbstich in seinen Augen, die ihn fixierten. Mist. Jetzt habe ich seine Aufmerksamkeit geweckt, dachte er. Was soll ich machen? Einfach rumstehen? Weitergehen? Oder schnellen Schrittes umdrehen Richtung Pulpería, also offensichtlich vor diesem Kerl wegrennen? Alles keine tolle Lösung. Und er musste auch mal. Nathan beschloss, einfach ganz locker eine passende Stelle zu finden und sich zu erleichtern. Wer pinkelt, wird in Ruhe gelassen. Er schritt durch Backsteinreste und vertrocknete Grasbüschel in eine dunkle Ecke des kleinen Geländes und öffnete seine

Hose. Er stand jetzt vor einer abgebröckelten Steinmauer, die wohl einmal eine Hauswand war.

»Ooy«, krächzte es hinter ihm. Verdammt. Nathan ignorierte es, versuchte laufen zu lassen, aber es kam nichts. Hinter der Mauer ertönte ein Kratzen. Wie von Krallen auf Stein. Alles in Nathan zog sich zusammen. Was war das? Er fing an, vor sich hin zu summen. *Kratz, kratz.* Bestimmt eine Ratte, dachte er. Nicht so schlimm. Kann der Typ hinter mir mal weiter gehen? Nathan fixierte die Steinmauer vor ihm und hoffte, dass sich die Situation irgendwie auflöste. Schön fertig machen hier, abschütteln und mit einem fröhlichen Hola an dem komischen Kerl vorbeigehen Richtung sicher beleuchtete Straße.

Ein grollendes Schnauben und Knurren kam jetzt hinter der Mauer hervor, wo es gerade noch gekratzt hat. Keine Ratte. Das ist was Größeres, dachte er jetzt. Mensch oder Tier, keine Ahnung. Scheiß drauf, ich haue ab.

Ohne richtig einzupacken, machte er einen Satz zurück, drehte sich um und sprang fast den Mann an, der sich ihm noch weiter als gedacht genähert hatte. Nathan ließ einen überraschten Schrei ertönen, der sein Gegenüber zurückzucken ließ. Der alte Mann lallte Nathan ein paar unverständliche Worte entgegen, während dieser in seinem schnellsten Gang dorthin floh, wo er hergekommen war.

»Wo warst du denn?«, fragt Urs anklagend, in seiner Hand eine angetrunkene und eine geschlossene Flasche Bier.

»Ich musste kurz pinkeln. Wollen wir weiter?«

»Wir sind gleich da.« Sie schritten über eine Kreuzung. Nathan versuchte auf dem Boden Stolperfallen zu erkennen. Der Blick in die Seitenstraße beruhigte ihn nicht wirklich.

»Irgendwas hat mich dahinten grad angeknurrt, ein Tier, glaube ich.«

»Irgendwas knurrt uns alle an«, sagte Urs, ohne ihn dabei anzuschauen.

Nach ein paar Schritten deutete Urs auf einen Hauseingang. Tatsächlich kam aus den milchigen Fenstern etwas mehr Licht, und Nathan hörte den inzwischen vertrauten Rhythmus von Salsamusik. Erleichterung machte sich in ihm breit, als er durch die Tür treten wollte. Es kann ja doch ein bisschen beunruhigend werden, wenn man nicht weiß, wo man hier hinwill.

»Moment«, sagte Urs und tippte ihm mit dem Handrücken an den Oberarm. »Ich will noch eine rauchen.«

»Oh, ja klar. Ich könnte auch noch eine vertragen«, sagte Nathan, obwohl er eigentlich nichts lieber als rein wollte. Musste man hier ausgerechnet in dieser zwielichtigen Straße noch weiter herumlungern? Hatte es auf dem ganzen Spaziergang keine Gelegenheit gegeben, eine Zigarette zu rauchen? Oder drinnen?

»Die Iguana Bar. Viel gechillter hier, die Ecke, als da hinten, wo alle Touris hingehen.« Urs sog den Rauch durch seine rumroten Wangen. »Und hier zahlst du auch nicht 3 Dollar, sondern 1,50 für 'nen Nica Libre.«

»¿Cigarro?«, krächzte es hinter Nathan. Er drehte sich um und sah, dass der Mann von vorhin dastand. Vor Schreck ließ er seine halb gerauchte Zigarette fallen, was ein paar orangene Funken aufstieben ließ.

Von Furchen umrahmte Augen fixierten Nathan mit hohlem Blick. Er hob seine Zigarette auf. Dabei sah er, dass der Mann Reste von Sandalen mit abgerissenen Riemen trug, die sich irgendwie an seinen Fußsohlen festgeklebt haben mussten.

»Äh, si«, brachte Nathan hervor und friemelte seine Zigarettenpackung aus seiner Cargoshorts. Dabei fielen ihm einige Centavos klimpernd auf die Straße. Er reichte dem Mann eine seiner Zigaretten, die dieser mit dankendem Blick annahm.

»¿Un poco de cambio?«, fragte dieser die beiden und hielt die Hand auf.

Urs schüttelte den Kopf, wandte sich mit einem harten »No« ab und blies Rauch nach oben.

Nathan klaubte die beiden Münzen vom staubigen Asphalt auf und legte sie dem Mann in die

Hand. Der Bettler schaute ungläubig auf die kümmerliche Spende.

»¿Poco mas?«, fragte er.

Nathan beschloss, dass eine Zigarette und ein paar Centavos genug waren. »No, sorry.«

Der Mann wiederholte seine Bitte. Nathan wollte nicht klein beigeben, schüttelte wieder den Kopf und wandte sich Urs zu. Dieser bellte den Bettler unfreundlich an und gab ihm mit einer Handgeste zu verstehen, dass er verschwinden solle. Die Mimik des Mannes verfinsterte sich, und er machte eine ähnliche Wischgeste, nur dass er dabei Nathans Schulterblatt streifte. Nathan drehte sich nun wieder um und wiederholte seine Abfuhr, nur diesmal etwas bestimmter. »Sorry, No!«

Der Mann hob nun seinerseits seine langnageligen Finger und richtete sie arthritisgekrümmt auf die beiden jungen Männer. Dabei fing er wütend an zu zetern. Nathan konnte kaum etwas verstehen, nur wenige Worte, wie »pobre«, »rico«, »dios«, »infierna« kamen ihm bekannt vor. Arm, reich, Gott, Hölle. Urs wurde nun selber laut und schleuderte ihm seinerseits einige Nettigkeiten auf Spanisch mit schweizerdeutschem Akzent entgegen. Bevor Nathan sich fragen konnte, ob es so klug war, mitten in der Nacht Streit mit den Straßenmenschen anzuzetteln, hatte Urs seine Kippe schon auf die Straße geworfen und ging in den Laden. Nathan folgte ihm und achtete darauf, dass die Tür hinter ihm ordentlich schloss.

Die Bar war deutlich leerer als der Club, hatte keine Tanzfläche und anstatt einer Discokugel und bunten Strahlern nur kaltes Neonlicht, aber auch in diesem Laden schallte Latinamusik in einer unfassbaren Lautstärke durch den Saal. Wie in den kleinen Restaurants auf der Straße bestand die Einrichtung aus weißen, einfachen Plastiktischen und Plastikstühlen. Einige Leute saßen an der Bar, ein paar der Tische waren besetzt, und dazwischen wurde getanzt. Im Gegensatz zur Salsabar waren die Menschen ein paar Jahre älter. Außer ihnen beiden sah er nur Einheimische.

Nathan hatte eigentlich auf einen ruhigeren Ort gehofft, wo man sein eigenes Wort zumindest verstehen würde, aber so was schien hier eher selten zu sein. Ein Mann mit dickem Bauch und einem fröhlichen Gesicht mit runden Backen kam auf Urs zu und begrüßte ihn mit einem lauten Schrei, gefolgt von einem Schwall Spanisch. Schulterklopfen, und Nathan reichte dem Mann die Hand und wurde herzlich angelacht.

Die zwei fanden einen Tisch, an dem sie einigermaßen quatschen konnten.

»Ich bin richtig gespannt auf die Vulkane!«, sagte Nathan. »Morgen früh geht es auf den Telica, mit Übernachtung!«

»Auf den Telica? Wow, gute Entscheidung! Das ist 'ne ziemliche Ecke, da hochzusteigen, da brauchst du 'ne gute Puste«, sagte Urs.

»Ach, die hab ich«, lallte Nathan. »So eine kleine Wanderung haut mich schon nicht um!«

»Bestimmt. Für mich war der Telica ein echter Klacks. Aber ich hab ja auch Schweizer Waden. Noch einen Nica Libre?«

»¡Si, claro!«

»Viel besser als diese Touribars, meinst du nicht? Richtig was für normale Leute. Arbeiter, Rentner, Arbeitslose. Alle ersaufen sie ihren Frust. Und dabei tanzen sie bis zum Morgengrauen.« Mit einem vielsagenden Blick nickte er zu einem der Tische, an dem ein paar einheimische Mädels saßen. Vielleicht Anfang, Mitte zwanzig. »Wenn du etwas Spanisch sprichst, liegen die Ladys dir zu Füßen.«

»Nett. Ist das so was wie dein Stammlokal?«

»Hehe, Stammlokal, du bist so was von deutsche Kartoffel, Nathan! Na ja, zwei-, dreimal war ich hier schon drin.«

»Hat Violeta dir den Laden gezeigt?«

»Ich weiß es gar nicht mehr. Eine ziemliche Persönlichkeit, unsere Gastmutti, findest du nicht?«

»Das kann man sagen. Sie liebt die Fiestas. Hier gibt es praktisch jeden Tag ein Grund zum Feiern. Aber ja, Violeta ist schon einzigartig. Aber glaub nicht, dass du dir alles bei ihr erlauben kannst. Nur weil sie mit den Volunteer-Girls feiern geht und auf den Präsidenten schimpft, heißt das nicht, dass sie die gleichen Ansichten wie ein Berliner Partygirl hat.«

»Was meinst du?«

Urs leerte sein Glas. »Ich sag mal so, Tanzen gehört zum Alltag wie Reis und Bohnen. Aber wenn du ein Mädel mit ins Homestay nehmen willst, würde ich dir davon abraten. In der Hinsicht kann Violeta ganz schön zum Tier werden.«

»Wirklich?« Nathan war ehrlich erstaunt. »Damit hätte ich am wenigsten gerechnet. Ich hätte gewettet, bei der unterm Dach könnte jeder, wie er will.«

»Nicht jeder.«

»Oho, du hast wohl eine Sondererlaubnis?«

»Violeta hat eine ziemlich gute Nase dafür, ob sie einen aufrichtigen Menschen vor sich hat oder jemanden, der sich auf Kosten anderer vergnügen will. Aber soll ich dir verraten, was bei ihr wirklich gut ankommt?« Urs grinste und beugte sich über den Tisch näher zu Nathan. »Schokolade. Du glaubst gar nicht, wie die Leute hier auf richtig gute Schoggi abfahren. Ich habe jedes Mal feinste Schweizer Ware im Gepäck. Das ist wirklich eines der besten Geschenke.«

»Jetzt, wo du es sagst, ich habe echt Probleme, vernünftige Schokolade zu finden. Das ist oft nur so billiger Süßkram mit einer braunen Zuckerglasur überzogen. Ich dachte, Nicaragua ist bekannt für guten Kakao«, sagte Nathan.

»Sind sie auch. Deshalb wird ja alles nach Europa und so verschifft. Bei uns Schweizern ist der Kakao aber in besten Händen, wir sind ja Perfektionisten, gerade wenn es um Spezialitäten geht.«

»Hast du gerade was da?«

»Immer«, antwortete Urs und holte einen kleinen Riegel aus der Tasche hervor.

Nathan mampfte ihn gierig auf.

»Wahnsinn. Wenn man weniger davon hat, schmeckt es gleich viel besser. Jetzt kann ich verstehen, warum Violeta dich so gerne als Gast hat. Ich würde so gerne mal mit ihr sprechen können. Aber sie spricht ja kein Englisch.«

»Du musst Spanisch lernen, ansonsten kommst du nicht weit.«

»Meinst du, es ist gefährlich, wenn wir über Politik und so sprechen?«

Urs verdrehte die Augen. »Du, mach dir mal keine Sorgen. Als weißer Tourist wirst du in Lateinamerika verhätschelt. Solange du dein Geld hierlässt, deine Touren buchst und allen erzählst, was für ein gastfreundliches, billiges und exotisches Reiseland das ist, ist alles prima für das Regime.«

Nathan nahm einen Schluck Nica Libre. Wollte der Typ ihm ein schlechtes Gewissen machen? Nathan grinste, war aber langsam genervt von seinem neuen Freund.

»Du bist doch auch hier, oder? Zum Rumsaufen und Rumbumsen, oder?«

Urs ließ sich nicht provozieren, sondern schien froh, eine gute Antwort parat zu haben. »Ich habe mich in León verliebt, als ich bei meinem freiwilligen sozialen Jahr hier war und im Krankenhaus ausgeholfen habe. Die Zustände, was Hygiene und Versorgung angeht, haben mich echt mitgenommen. Das ist kein Ort, wo du enden willst, wenn es dich hier mal erwischt. Bettwäsche mit Blutflecken und Tauben im Patientenzimmer sind da so deine kleineren Sorgen. Aber die Menschen sind so gut und ehrlich, ich wollte einfach zurück. Ich komme seitdem jedes Jahr wieder. Daheim mache ich zwei Koffer voll mit Kindersachen, die ich von Freunden und so sammle. Kleidung, Spielzeuge, so was. Und die bringe ich dann mit, ins Krankenhaus. Du glaubst nicht, wie sehr sich die Menschen freuen! Wie groß die Augen der Kinder werden, wenn sie so ein Plüschtier bekommen, was bei uns einfach so auf dem Müll landen würde. Mit der Zeit habe ich mich mit einigen Ärzten angefreundet. Und ein paar der Krankenschwestern auch!« Dieses Grinsen tauchte wieder in seinem Gesicht auf.

»Das klingt ja richtig selbstlos von dir«, sagte Nathan.

»Weißt du, ich habe eine Menge Mist gebaut in meinem Leben. Sachen, auf die ich nicht stolz bin. Und jetzt kann ich etwas davon wiedergutmachen, verstehst du? Schlechtes Karma abarbeiten.«

»Glaubst du, man kann schlechte Taten wiedergutmachen, indem man an einem ganz anderen Ort gute Taten vollbringt?«

»Ich fühle mich zumindest weniger wie ein Stück Dreck als zu Hause. Hey, die Kleine hat zu mir hergeschaut, hast du das gesehen? Wollen wir mal rüber?«

Nathan sah zum Nebentisch. Kann sein, dass von den Mädels wirklich eine rübergeschaut hatte. Aber was sollte er denn mit denen reden? Die sprachen doch bestimmt kein Englisch.

»Lass dich nicht aufhalten von mir. Ich muss erst mal schlenkern gehen.«

Was für Typen man so trifft, dachte Nathan, als er an der Toilette stand. Irgendwie erstrebenswert, was er macht, sich kümmern, sich sorgen, Menschen, denen es schlechter geht, Gutes tun, Geschenke mitbringen – so viel sinnvoller als einfach nur mit dem Rucksack umherzuwandern. Und dabei fliegen ihm auch noch die Herzen der Damen zu, gar nicht mal schlecht. Sogar Pflanzen haben die auf dem Klo. Hui, ein bisschen schwummerig wird es jetzt schon. Vielleicht mal mit dem Rum kürzer treten und auf Bier umsatteln.

Urs war an den Tisch der Frauen gewechselt und war in ein offenbar superlustiges Gespräch mit ihnen verwickelt. Da vorne, der dicke Typ von vorhin, da kann ich was bestellen dachte Nathan und torkelte auf die Theke zu. »¿Una cerveza, por favor?!«, fragte er brav.

Der Dicke guckte ihn erst irritiert an, bevor er laut losprustete. »¿Una cerveza, por favor? ¡AHA-HAHA!«

O nein. Der ist gar kein Kellner, fiel ihm jetzt auf.

Nathan entschuldigte sich und kriegte dafür eine feiste Arbeiterhand auf die Schulter geklatscht. »¡Unaa cervezaa, poor favoor!«, wiederholte er lauthals und kriegte sich gar nicht mehr ein vor Lachen. Er ging zu zwei anderen, zeigte auf Nathan und erzählte ihnen offenbar, dass dieser Touri ernsthaft dachte, er könnte bei ihm Bier bestellen. O Mann, wie peinlich, dachte er. Aber immerhin bringe ich sie zum Lachen.

Urs kam schon wieder an ihren Tisch. Mit den Rücken zu der Mädelsgruppe, schaute er Nathan an und schüttelte den Kopf. »Das wird nix mit denen, keine Chance.«

»Hat dein Charme dich nicht so weit gebracht?«

»Zumindest nicht heute.«

Nathan ließ seinen Blick durch die Kneipe schweifen. Mit Erschrecken sah er, dass sich die Tür öffnete und der Bettler von vorhin in die Bar schlurfte. »Unser Freund ist wieder da«, sagte Nathan mit leichtem Zittern in der Stimme zu Urs.

Der Mann ging an die Theke an einen der Hocker und ließ sich dort nieder. Nathan sah jetzt, dass er ein abgewetztes braunes Hemd trug, dass wohl einmal zu einer Uniform gehört hatte. Es war an den Ärmeln abgerissen und hatte Flecken, die bestimmt noch aus dem vorigen Jahrhundert stammten. Mit seinem schwarz-grauen Bart, der in alle Richtungen abstand, seinem halb zerfetzten Sombrero und dem verwitterten Militärlook sah er aus, als wäre er gerade aus einer Schlacht gekommen. Sein Blick schweifte kurz nervös umher, bevor er irgendwo in der Leere verblieb, der Barkeeper ignorierte ihn.

Nathan drehte seinen Stuhl ein wenig, sodass er nicht mehr direkt auf die Theke guckte. Besser, wenn der Typ nicht mehr an die Situation draußen erinnert wird. Vielleicht geht er gleich wieder, wenn er nicht bedient wird, hoffte er. Ich habe keine Lust, wieder von diesem Kerl angeschnorrt und angeschrien zu werden.

»Der Alte hat sicher kein Geld für ein Getränk. Wollen wir ihm einen ausgeben?«, fragte Urs.

»Hä? Äh, ja wenn du meinst ...«

Urs stand auf, ging zur Theke, gab ein Zeichen und bekam zwei Flaschen Bier hingestellt. Er nahm eine davon und stellte sie dem Bettler hin, der sie überrascht, aber dankend entgegennahm. Die zwei stießen an, und Urs rief ihm mit einem gönnerhaften Lächeln ein paar Worte zu, worauf der Mann eine breite Zahnlücke präsentierte und etwas entgegnete, was für Nathan wie ein Trinkspruch klang.

Er spürte ein unangenehmes Ziehen im Bauch. Musste das sein? Warum quatschte Urs diesen Typen da an? Wahrscheinlich wollte er ihn beschwichtigen. Kommt er gleich mal wieder an den Tisch, fragte er sich.

Nach ein paar Minuten, in denen Urs mit dem Mann in ein Gespräch verwickelt war, winkte er Nathan an die Theke.

Das kann doch nicht sein, dachte Nathan, während er rüberging. Hängen wir jetzt mit Obdachlosen rum? Was ist denn mit den Mädels?

»Das ist Anastasio«, stellte Urs ihn vor. »Du glaubst es nicht, aber er ist ein alter Weggefährte unserer Hausdame Violeta!«

»Wirklich?«, sagte Nathan ungläubig. »Das wäre ja mal ein Zufall.«

Urs fragte ihn etwas auf Spanisch. Anastasio antwortete ihm, in einem ruhigen und gar nicht mal so undeutlichen Ton.

»Was sagt er?«, fragte Nathan Urs.

»Ich bin hier nicht dein Synchrondolmetscher«, entgegnete der Schweizer barsch.

Anastasio redete weiter. Sein ruhiger Plauderton wurde nach ein paar Fragen von Urs immer aufgeregter. Er fing an, zu gestikulieren, seine Stimme nahm wieder den Krächzton an, und er deutete mit zitterndem Zeigefinger auf die beiden, wie als er sie vorhin auf der Straße beschimpft hatte. Urs war davon nicht beeindruckt, grinste und stellte immer wieder Nachfragen, die Anastasio sogar noch weiter aufwiegelten. An manchen Stellen seiner Erzählung klopfte Anastasio sich stolz auf die Brust und rief selbstbewusst Sätze aus, die für Nathan wie Parolen auf Straßendemos anhörten. Dann verfiel er wieder in einen leisen, verschwörerischen Ton, beugte sich zu Urs und flüsterte ihm etwas zu, während seine gelben Augen misstrauisch umherwanderten. Nathan schaute sich um, aber niemand der anderen Gäste schien es zu interessieren, was der Mann von der Straße erzählte.

»¡Cuidadito! ¡Violeta es una bruha! ¡Cuidatito!« fuhr es aus Anastasio irgendwann so laut heraus, dass sich der ein oder andere kurz nach ihrem Tisch umdrehte. Er beugte sich rüber und schaute Nathan tief in die Augen. Ein Blick voller Angst. Dann wandte er sich wieder zu Urs und keifte heiser auf ihn ein.

Der Schweizer Lockenkopf hatte nun auch aufgehört zu lächeln und rief seinem Gegenüber höhnisch ein paar Worte auf richtig schlechtem Spanisch entgegen, bevor er einfach auf barsches Deutsch wechselte: »Pass mal ein bisschen auf, was du hier über Violeta sagst, du blöder Penner!«, schrie er.

Anastasio wurde nun endgültig wahnhaft und langte mit seiner Hand nach Urs. Dieser wich dem viel zu langsamen Schlag aus, sprang vom Barhocker, wobei er Nathan, der direkt neben ihm saß, ebenfalls vom Stuhl holte. Nathan wischte im Fallen ein Glas runter, das auf dem Boden zersplitterte, konnte sich aber gerade noch festhalten. Urs pfefferte Anastasio seine flache Hand ins Gesicht. Der Vagabund wankte kurz zur Seite und zerschlug dann die Bierflasche in seiner Hand an einer Steinsäule. Mit der übrig gebliebenen Scherbe wedelte er vor sich her. Er schien richtig glücklich über die Auseinandersetzung zu sein. Urs war aber auch nicht abgeneigt.

»Na komm schon«, rief er ihm zu, bevor er dem Mann voll in den Bauch trat. Anastasio krümmte sich und ließ seine improvisierte Waffe klirrend auf den Boden fallen.

»¡Ey!«, kam es da hinter der Theke hervor. Der Barkeeper hatte genug gesehen und kam nach vorne gestürmt. Anastasio fluchte nun am Stück und ließ sich vom Barkeeper zurückhalten, der ihn Richtung Ausgang schubste, bis er draußen war. Dann schimpfte er auf Urs und Nathan ein.

»¡Lo siento, lo siento!«, sagte Nathan entschuldigend zu ihm und versuchte ein paar der Glasscherben aufzuheben, wurde aber von einem anderen Gast davon abgehalten.

»Okay, ich glaube, wir sollten mal zahlen«, sagte Urs zu Nathan und holte zwei große Scheine aus seiner Tasche, die er dem Barkeeper in die Hand drückte. Dieser gab den beiden Touristen zu verstehen, dass sie jetzt besser mal abhauten.

Als die zwei in die Nacht hinaustraten, war von Anastasio nichts mehr zu sehen, wie Nathan erleichtert feststellte. Dafür fuhr gerade ein Auto vorbei, auf dem ein gelbes Taxischild leuchtete.

»Taxi, Taxi«, rief Nathan aufgeregt winkend. Der Wagen hielt an, Nathan wollte einsteigen, als jemand ihm am Ärmel festhielt. »Urs, ich will …«

Aber es war nicht Urs, es war Anastasio. Kalte Stecknadeln durchfuhren Nathan. Er versuchte eine Entschuldigung zu stammeln, aber der Vagabund ließ ihn los, schenkte ihm ein Lächeln und einen durchdringenden, nüchternen Blick: »¡Cuidadito, amigo!«, wiederholte er seine Warnung, bevor er sich umdrehte und in der Nacht verschwand.

Urs registrierte das Ganze kaum, er war schon am Fahrerfenster, um den Preis auszuhandeln. Der Taxifahrer, der mit Goldketten behangen war und, für Nathan schwer verständlich, hier in der Nacht eine tiefschwarze Sonnenbrille trug, warf Urs müde ein paar Worte zu und gab dann ein Zeichen. Nathan schaute nervös nach links und rechts. Bitte lass uns nur schnell weg hier, dachte er.

»Okay, er fährt uns für den local Preis nach Hause«, sagte Urs grinsend, öffnete die Hintertür und bot Nathan einen Platz auf der Hinterbank an, bevor er sich danebensetzte.

»Alter!«, bellte Nathan Urs nun entgegen. »Was sollte das denn? Wieso bist du auf diesen Typen losgegangen?«

»Bist du blöd? Hast du nicht gesehen, wie der nach mir geschlagen hat?« Urs' Kopf war gefühlt auf die doppelte Größe angeschwollen. Seine Locken lagen klatschnass vor Aufregungsschweiß auf seiner roten Stirn.

»Mit solchen Leuten darf man nicht zögern, sonst würden wir jetzt blutend da vorne auf der Straße liegen.«

Vielleicht hatte er recht, dachte Nathan. Der Typ war vielleicht alt und schwächlich, aber auch ziemlich unberechenbar.

»Was wollte der denn überhaupt? Was hat er gesagt?«, fragte er Urs.

Urs atmete durch und schaute aus dem Fenster, wo die Häuserfronten vorbeizogen. Nach einer Minute oder so wurde Nathan ungeduldig.

»Hey, willst du mir mal erzählen, worum es ging?«

»Was?«

»Der Mann vorhin. Anastasio. Worum ging es? Irgendetwas mit Violeta.«

Urs rülpste, bevor er sich fassen konnte. Dann ließ er sein besserwisserisches Lachen los, das Nathan so langsam auf den Keks ging. »Ach, ich liebe ja die Verrücktheit der Menschen hier«, sagte er. Also dieser Kerl hat behauptet, Violeta noch von früher zu kennen, also damals, bei der Revolution. Sie war stark, eine echte Sandinista. An vorderster Front und so. Sie war ein Puma.«

»Ein Puma?« Nathan versuchte Urs anzuschauen, aber dessen Blick war glasig, unstet und er kämpfte sichtlich damit, die Augen aufzubehalten.

»So ham sie sie genannt. Puma. Jedenfalls hat sie gegen Somoza und die Contras gekämpft. Sie muss richtig jung gewesen sein. Richtig jung. Ein paar Jahre ging das alles gut. Aber dann ist was passiert. Sie ist in Ungnade gefallen.«

»Sie ist übergewechselt zu den Contras?«

»Quatsch. Sie hat mehrere Männer in oberen Rängen angeschuldigt. Vergewaltigung und so.«

»Oh.«

»Jap. Das kommt nicht so gut in der Partei.«

»Und was ist dann passiert? Wurde sie entschädigt oder so? Wurde jemand verurteilt?«

»Na, was glaubst du? Sie wurde rausgeworfen und als Hure denunziert.«

»Alter. Und das hat Anastasio dir gerade gesagt? Aber irgendwie hatte ich das Gefühl, er wollte uns warnen.«

Urs ließ ein abschätziges Lachen raus. »Die Leute hier haben eine ziemlich blühende Fantasie. Sie glauben an allen möglichen Kram, Zauber, Naturgeister und so weiter. Sie erzählen gerne mal Geschichten, wenn sie der Wahrheit nicht in die Augen sehen wollen.«

»Das hab ich schon mitbekommen. Violeta hat so eine Geschichte erzählt, als wir mit den Kanadierinnen essen waren«, antwortete Nathan. »Aber das war nur so eine Fabel. Von irgendeinem Dichter hier.«

»Rubndaario«, lallte Urs.

»Hä?«

»Ru-bén Da-río! Mensch. Lern mal ein bisschen Geschichte.«

»Ja, was auch immer. Und in diesem Folterknast, den die zu einem Museum gemacht haben, haben die auch so einige blutige Storys erzählt.«

»Ja? Welche denn?«

»Hab ich nicht so mitbekommen. Ingrid hat besser aufgepasst. Vielleicht sollte ich sie mal fragen.«

»Vielleicht kann sie dir ja Nachhilfe in Geschichte geben.«

»Jaja, lenk nicht ab. Was erzählen die Leute denn jetzt über Violeta?«

»Na das, was sie immer sagen, wenn gewisse Frauen ihnen zu selbstbewusst und nicht geheuer sind. Dass sie eine Hexe ist. Mit dunklen Mächten paktiert.«

Das Taxi hielt an. Sie waren angekommen.

»Wolltest du nicht morgen früh auf Wanderschaft gehen?«, fragte Urs, als sie ausstiegen.

»Ach, Scheiße, das ist ja schon gleich!«

6

Was packt man für eine zweitägige Wanderung auf einen Vulkan ein? Gut, dass er in seinem Zimmer schon einiges an Vorräten gehortet hatte. Nathan kippte seinen Ultralight-Trekking-Rucksack aus und stopfte zwei Chipstüten und drei Energydrinks hinein. Neben dem Bett lag ein Billig-Schokoriegel, den er auch reinwarf. Dann nahm er ein paar T-Shirts, Socken und Unterhosen vom Boden auf und packte sie obendrauf. Besser ein paar Wechselsachen haben, wenn man verschwitzt war. Als er seine Zahnbürste einpackte, bekam er noch sich selbst im Badezimmerspiegel mit. Sein Look war doch wesentlich verballerter, als er dachte, bedingt durch die Sonne am Tag und den Rum in der Nacht. Die schlafentzogenen Augen waren leicht blutunterlaufen, und auf den Lippen hatte sich weißes Geschupp breit gemacht. Die Haare standen in alle Richtungen ab, aber wie Nathan meinte, gar nicht mal schlecht. Viel besser als sein milchig-spießiger Look, den er sonst immer trug. Gut, ein paar Spritzer Wasser ins Gesicht könnten nicht schaden. Ein Stündchen Schlaf oder zwei wären sicher auch ganz hilfreich gewesen. Aber was soll's?

Zehn vor sechs, perfekt. Er war sogar der Erste, der in der Küche stand. Wie es aussieht, bin ich der Pünktliche und muss die anderen aus den Federn holen, dachte er stolz. Er warf seinen Rucksack auf einen der Stühle und fand in einer Ecke sogar noch einen abgewetzten Schlafsack, den er sich schnappte. Er ging den Gang entlang, auf dem Ingrids Zimmer lag.

Welches genau es war, wusste er nicht, ist ja auch egal, es kamen ja auch die anderen mit. Er klopfte an eine der Türen. Nichts. Er klopfte noch mal. Ein müdes Stöhnen, und Ingrids Freundin öffnete total verpennt.

»Guten Morgen, seid ihr noch nicht fertig?«

»Oh«, sagte sie. »Hat Ingrid dir nichts gesagt? Ich und Frances sind krank, wahrscheinlich haben wir Mono. Wir haben die Tour abgesagt.«

»Abgesagt? Aber ich bin total ready to go!«

»Sorry. Frag Ingrid, vielleicht könnt ihr ja zu zweit gehen.« Sie schloss die Tür.

Zu zweit? Wie nett wäre das denn? Nathan hatte sich eigentlich auf eine lustige Gruppenwanderung gefreut, aber ganz alleine mit Ingrid, das wäre doch supernice. Er ging eine Tür weiter und klopfte. Ingrids blonde Haare hingen ihr zerstrubbelt im Gesicht, sie trug ein viel zu großes, verwaschenes

Nickelback-T-Shirt mit abgeschnittenen Ärmeln. Richtig niedlich, dachte Nathan.

»Sechs Uhr, also ich bin bereit!«, sage er mit größtmöglichem, deutschen Wanderenthusiasmus. Seine Stimme war leicht angeraut.

»Ach, sorry, Nathan. Die anderen haben sich gestern Abend nach dem Tanzen ganz schlecht gefühlt, da haben wir entschieden, das abzublasen. Wir haben dem Guide schon abgesagt. Ich hab deine Nummer nicht, und du warst gestern Nacht erst spät zurück.«

»Aber dir geht es doch gut, oder?«

Ingrid zögerte. »Viel geschlafen habe ich nicht. Aber ich wollte das schon unbedingt noch machen. Und in vier Tagen reise ich schon zurück.«

»Na dann, lass uns los!«

»Aber wir haben keinen Führer.«

»Den brauchen wir doch gar nicht. Ich habe gehört, die Wanderung ist ein Klacks!«

Ingrid schaute Nathan durch ihre Haare zweifelnd an. »Bestimmt. Aber weißt du, wie man da hinkommt?«

»Woher soll ich das denn wissen?«

Ingrid begann etwas in ihr Telefon zu tippen. »Ich krieg ihn sicher dazu, doch noch zu kommen.«

Auf dem Weg zum Busbahnhof merkte Nathan schon eine leichte Schlappheit, die ihn überkam.

Nach ein paar Metern dämmerte ihm langsam, dass der Tag vielleicht doch ein wenig anstrengend werden könnte. Auf dem Vorplatz der gelb getünchten Kirche Iglesia la Recolección hatten Verkäuferinnen schon einige fliegende Stände aufgebaut, um die Straßenarbeiter mit Frühstück zu versorgen. Nathan schaffte es, eine Flasche Cola und ein Sandwich mit Ei zum Frühstück zu holen.

»Hast du genug zu trinken dabei? Es wird bestimmt heiß heute«, fragte Ingrid.

»Mach dir um Drinks keine Sorge«, sagte Nathan. Er holte sich dann aber doch noch eine Flasche Wasser vom nächsten Stand.

Nathan hatte eigentlich auf eine schöne bequeme Busfahrt mit kühler Klimaanlage und Sesselsitzen gehofft, aber als sie den staubigen kleinen Busbahnhof erreicht hatten, wurde er ernüchtert. Anstatt großer Reisebusse standen nur ein paar alte Vans und gelbe Schulbusse herum, wie er sie aus Filmen kannte.

»Das muss er sein«, rief Ingrid und zeigte auf einen drahtigen Typ mit Baseballmütze, Spiegelsonnenbrille und Cargohosen. Er winkte fröhlich und lief ihnen entgegen.

»Du musst Ingrid und Friends sein, right? Habt ihr Lust auf Volcano-Tour?« Er wartete keine Antwort ab. »Na klar habt ihr! Hi, ich bin Earl!«

»Yay! Ich bin Ingrid«, jubelte sie zurück.

Nathan war irgendwie gar nicht mehr so top gelaunt und zwang sich zu einem »Jo, Nathan«.

»Der Bus, das ist unser Bus!« Earl zeigte mit ausgestrecktem Arm auf einen der Busse, der gerade zum Ausgang fuhr. »Stop, Stop! ¡Pare!« rief er laut und lief mit wild rudernden Armen dem Bus hinterher. Ingrid spurtete ebenfalls etwas rufend auf den Bus zu. Nathan blieb nichts anderes übrig, als ihnen hinterherzustolpern. Der Bus war schon halb aus dem Tor raus, wurde aber von einem Mopedfahrer aufgehalten, der sich vordrängelte. Das war ihre Chance. Earl lief nicht zur Seitentür, wie es Nathan gemacht hätte, sondern blieb genau hinter dem Bus stehen und hämmerte an die Rückseite. Es klappte, die Tür hinten öffnete sich, und ein Mann in Fußballtrikot winkte sie herein. Der Bus fuhr exakt in der Sekunde an, in der die drei aufgestiegen waren. Beinahe wäre Nathan noch rücklings aus dem Bus gefallen, schaffte es aber gerade noch, sein Gewicht nach vorne ins Innere zu werfen.

Es rumpelte und polterte im Bus, und Nathan hatte größte Mühe, nicht ständig umzukippen. Der Mann im Fußballtrikot stellte sich als Schaffner heraus, der das Geld für die Fahrt einforderte. Nathan hatte sich noch nicht an die Córdoba-Währung gewöhnt und hielt ihm einen seiner größeren Scheine hin, worauf er eine schwere Handvoll Münzen zurückbekam, die er in seine Hosentasche stopfte.

Nathan hielt sich im Stehen an den dünnen Metallstreben fest, die an den Sitzen angebracht waren. Sie wackelten schon bedenklich, und er rechnete jederzeit damit, dass eine der Halterungen sich löste und er dann ungebremst in die anderen Fahrgäste wemsen würde. Die Locals schienen unbeeindruckt von dem Rütteln und Schütteln zu sein. Der Bus machte ständig kleinere Stopps, in denen nicht nur Passagiere zustiegen, sondern auch Verkäuferinnen und Verkäufer, die Essen, Getränke und andere Dinge mit krächzenden Stimmen feilboten. Manche von ihnen hatten kleine Plastiktüten mit unbekanntem, flüssigem Inhalt dabei, andere etwas, was nach vorgeschmierten Sandwiches aussah.

»Jetzt wisst ihr auch, warum man diese Busse auch Chicken Bus nennt«, rief Earl den beiden zu. »Man sitzt hier wie Hühner zusammengepfercht.«

Nathan, dessen Magen übel grummelte, traute sich nicht, etwas zu kaufen. Einmal stieg sogar jemand zu, der eine bestimmte Art Medikamente verkaufte. Nathan fragte Earl, wofür diese Tabletten sein sollten. Dieser schlug kurz in seinem Telefon nach. Die Antwort war »Bandwürmer«.

Irgendwann verließen sie das Stadtgebiet von Léon, der Bus leerte sich, und die drei bekamen Sitzplätze. Nathan sah die Landschaft vorbeischwirren. Weiße Mauern, Hütten, Sträucher, alles bekannte Dinge, aber alles total anders. Könnte er hier leben? Also, für länger als ein paar Wochen? Freiwillig wahrscheinlich nicht. Aber vielleicht wäre es auch ein einfacheres Leben, vielleicht könnte er sich daran gewöhnen, am Straßenrand in einem kleinen Häuschen. Wo diese Menschen alle wohl arbeiten? Bei der Straßenreinigung sicher nicht. Überall Müll, Plastiktüten, alte Schuhe, Verpackungen, Chipstüten. Schräg vor ihm saß eine Frau, die irgendetwas Gelbes trank, das in einer durchsichtigen Plastiktüte serviert wurde, in deren Öffnung ein Strohhalm geknotet war. Als sie fertig war, warf sie die Tüte einfach aus dem Fenster auf die Straße. Dass die Leute in solchen Gegenden offenbar nie gelernt haben, Abfall wegzuwerfen oder zu trennen. Nathan würde seinen Müll auf jeden Fall nicht irgendwo durch die Gegend werfen. Hatte er nicht noch diese kleinen Chipstüten in der Tasche? Ein paar Elektrolyte könnten nicht schaden.

»Möchtet ihr etwas?« Er hielt Ingrid und Earl die offene Tüte salziger Krümel hin. Earl winkte lächelnd ab, Ingrid schüttelte nur kurz den Kopf. Nathan leerte die Tüte und steckte sie pflichtbewusst wieder in seinen Rucksack.

»Und du kommst aus Belgien und lebst aber in Nicaragua?«, fragte sie Earl.

»Oui! Meine Freundin und ich waren vor drei Jahren im Urlaub hier, und es hat uns so gut gefallen, dass wir uns kurz darauf ein kleines Grundstück vor der Stadt mit Haus gekauft haben und hergezogen sind.«

»Und was gefällt euch so gut hier?«

»Ach, das Leben ist einfach unkomplizierter, die Menschen sind so freundlich, und man ist von sagenhafter Natur umgeben. Meiner Freundin ging es in Brüssel auch einfach nicht mehr so gut, mit all dem Stress und so.«

»Mein Boyfriend in Vancouver hat auch eine Menge Stress. Ich würde auch am liebsten mit ihm irgendwo hinziehen, wo immer die Sonne scheint«, sagte Ingrid.

Ihr Boyfriend? Hatte Nathan das gerade richtig verstanden? Den hatte sie überhaupt noch nicht erwähnt. Wo kommt der denn jetzt auf einmal her?

Nathan schaute in den Himmel, in dem außer der gleißenden Sonne nichts zu sehen war. Er wollte aber keine Diskussion über Beziehungen anfangen, dafür war er viel zu müde. Am liebsten hätte er Ingrids Bemerkung einfach überhört, deshalb sagte er nur: »Ja es ist wirklich absolut fantastisch.«

»Ich gehe mal fragen, wo wir raus müssen«, sagte Earl, stand auf und ging nach vorne. Fragen? War er nicht der Reiseführer? Er sprach mit dem Trikotträger vorne, der kurz in die Landschaft schaute und dem Fahrer dann scheinbar wahllos ein Zeichen zum Anhalten gab.

»Los raus, wir sind da!«, rief Earl aufgeregt.

Nathan schnappte sich seinen Rucksack und den Schlafsack, und die drei sprangen aus dem Bus, der sofort wieder losfuhr. Niemand sonst war ausgestiegen. Nichts, absolut gar nichts erinnerte daran, dass sie an einer Haltestelle waren oder dass irgendwo ein Wanderweg war. Ob sie dort oder vor drei Kilometern ausgestiegen wären, einen Unterschied in der monotonen Szenerie konnte Nathan nicht finden. Savanne, fiel ihm zu der Landschaft ein. Flaches, rotbraunes Land, so weit er sehen konnte, erst nach mehreren Kilometern sah er einige Hügel. Der Bus entfernte sich auf der schnurgeraden und verlassenen Straße. Er hatte gehofft, dass er so was wie einen Parkeingang vorfinden würde, mit einem Schalter und vielleicht einem kleinen Café und Supermarkt. Aber da war nichts, nur aufgeheizte Wildnis.

»Alleine finde ich diese Stelle nie«, lachte ihr Führer. »Folgt mir!« Er ging mitten durch den von Dornbüschen gespickten Sand.

Der Wanderspaß dauerte etwa fünfzehn Minuten, in denen Nathan hinter Ingrid und Earl herging und, die Daumen in die Rucksackgurte gesteckt, motiviert geradeaus marschierte. Aber dann merkte er doch, dass das Laufen durch den Sand auf Dauer gar nicht mal so viel Spaß machte. Seine Schuhe waren jetzt schon voll damit.

»Kommt irgendwann noch fester Untergrund?«, fragte er Earl, nachdem er ein paar Meter zu ihm aufgeschlossen hatte. Dieser grinste ihn durch seine Spiegelsonnenbrille an.

»Noch ein kleines Stück, der Boden wird gleich steiniger, wenn es bergauf geht.«

Ein Kuhschädel, der in den Sand biss, starrte ihn aus schwarzen Höhlen an. Der Kadaver war teils noch mit einer ausgetrockneten Lederhaut überzogen, der größte Teil war skelettiert. Die Überreste lagen einfach so in der Landschaft herum. Nicht am Wegesrand, denn es gab keinen Weg.

Niemand ist doch so unfassbar dumm und säuft eine Nacht durch, um dann bei 40 Grad im Schatten einen Vulkan hochzusteigen. Zu Hause habe ich es noch nicht einmal gebacken gekriegt, einmal um den Block zu laufen. Jetzt tun mir schon die Füße weh, und wir haben noch nicht einmal mit dem Aufstieg begonnen, dachte Nathan.

Earl ging vorweg, dahinter folgte Ingrid, mit ihrem schwedischen Designrucksack. Sie schienen nicht zu bemerken, wie sehr Nathan auf dem Zahnfleisch ging, denn jedes Mal, wenn sie sich zu ihm umdrehten, grinste er wie ein debiler Affe. Etwas Kleines flatterte über die beiden hinweg und verschwand in einem Baum.

»Habt ihr das gesehen?« Earls Stimme überschlug sich. Das war der Torogoz, der nicaraguanische Nationalvogel. »Da, da ist er, hinter diesem Ast, siehst du?«

»Ja, wow, was für wunderschöne blaue Schwanzfedern er hat!«, rief Ingrid. Nathan war absolut nicht nach Stehenbleiben, er wollte einfach nur weitergehen und so schnell wie möglich irgendwo ankommen. Er guckte in die Richtung, in die Ingrid zeigte. Er zwinkerte seine Augen zusammen, aber Schweiß lief ihm in den Blick. »Da, siehst du ihn jetzt?«

»Ja!«, log er. »Was für ein cooler Vogel.«

»Nur die wenigsten sehen ihn, das letzte Mal habe ich ihn mit meiner Freundin in der Nähe des Momotombo entdeckt«, flüsterte Earl ehrfürchtig. »Das ist ein gutes Omen! Es bedeutet Glück für unseren Weg!«

»Klasse«, murmelte Nathan und trottete weiter. Dabei streifte er mit seinem Unterarm einen mit Dornen besetzten Zweig. Es pikte und zwickte, und er brauchte ein paar Sekunden, um zu merken, dass das nicht von dem Dorn kam, sondern von etwa sechs kleinen roten Ameisen, die über das Holz auf ihm gelandet waren und ihn nun mit Säure bespritzten. »Au, verdammt, ich werde gebissen«, keifte er und schlug die Biester weg.

»Vorsicht, die Ameisen können ziemlich gemein sein«, lachte Earl, der schon wieder ein paar Meter Vorsprung hatte.

»Mein Freund hasst Ameisen«, berichtete Ingrid. »Manchmal sprüht er das ganze Haus mit Insektengift ein.« Was für ein Idiot, dachte Nathan. In seinem Kopf entstand ein Bild von Ingrid und ihrem tollen Freund, die schreiend in ihrem Haus von Tausenden Ameisen attackiert wurden.

Es ging nun steil aufwärts. Nathan musste seine ganze Kraft aufwenden, um einen Fuß nach dem nächsten aufzusetzen. Seine Waden brannten höllisch. Machen die denn nie Rast? Andererseits, dachte er, wenn ich jetzt stehen bleibe, fahre ich bestimmt komplett runter und komme gar nicht mehr hoch. Vor lauter Schweiß, der ihm in die Augen rann, konnte Nathan nichts von der Aussicht genießen. Und eigentlich hatte er sich die Landschaft auch etwas satter vorgestellt.

Die Pflanzen waren ausgetrocknet, der Boden staubig. Earl blieb stehen und schaute hinab.

»Wir haben schon ein gutes Stück geschafft«, sagte er grinsend. Ein gutes Stück erst? Nathan zog sich den Rucksack ab, ließ ihn auf die Steine fallen und setzte sich drauf. Er stützte sich mit den Ellenbogen ab und atmete die glühende Luft ein.

»Ich glaube, da hinten wäre ein besserer Platz für eine Pause«, sagte Ingrid und zeigte auf eine Stelle weiter hinten, wo ein klein wenig Schatten hinfiel.

»Ich muss mal anhalten«, keuchte Nathan.

Schnaufend schaute er in die Landschaft. Ganz schön weit oben waren sie. Berge. Braunes, gelbes und ein wenig grünes Gestrüpp. Ein paar Palmen konnte Nathan ausmachen, die anderen Pflanzen konnte er nicht zuordnen. Grillen und einige wenige Vögel zirpten. Nirgendwo sah er Zeichen von Menschen, keine Häuser, kein Verkehrslärm. So fern von allem. Trotz seiner Erschöpfung fand er eine kleine Sekunde, in der er sich wirklich wohl fühlte. Irgendwie so stressfrei. Man braucht nur ein Dach über dem Kopf für Schatten, etwas Wasser und ein bisschen Reis, Bohnen und Hühnchen. Vor allem Wasser. Patricia tauchte in seinem Kopf auf. Es wäre nicht das Schlechteste, jetzt jemanden an seiner Seite zu haben, der ihn ein wenig stützte. Was sie gerade wohl machte? Wahrscheinlich kniete sie gerade vor ihrem Typen, der auf der Couch saß, während im Fernsehen die *Simpsons* liefen. Wie dämlich, an deren langweiliges Leben zu denken, während man durch die Wildnis streifte.

Hinter ihm Tuscheln von Ingrid und Earl. Wahrscheinlich erzählen sie sich gegenseitig, wie toll ihre Beziehungen liefen, dachte Nathan. Aber wenn sie so verliebt waren, warum waren sie dann ohne ihre Partner unterwegs?

»Dort hinten brennt es«, rief Earl. Auf dem Berg nebenan stieg grauweißer Rauch hoch. Die vertrockneten Bäume und Büsche hatten Feuer gefangen. Nathan konnte sogar grelle Flammen hochschlagen sehen, obwohl sie einige Kilometer entfernt sein müssten. Jetzt nahm er auch den Geruch von verbranntem Holz wahr.

Über Earls Sonnenbrille bildeten sich Sorgenfalten. »Wir sollten sicher sein«, sagte er.

»Sollten?«, hakte Nathan nach.

»Ja, solange sich der Wind nicht in unsere Richtung dreht. Lass uns weitergehen.«

Nathan stützte sich ab, um aufzustehen. Aber irgendwie wollte sein Körper nicht so recht. Taumeln, hinfallen. Seine Hände schürften sich an den spitzen Steinen ab.

»Alles okay?«, hörte er Ingrid fragen, bevor schwindelige Schwärze sein Gesichtsfeld übernahm.

Es klatschte, und Nathan wachte auf. Earl hatte ihm ins Gesicht geschlagen. Nathan konnte sich noch nicht einmal beschweren.

»Du warst ohnmächtig.« Der Brandgeruch war nicht weniger geworden. Nathan versuchte noch mal aufzustehen, unter den sorgenvollen Blicken von Ingrid und Earl. Aber seine Beine wollten einfach nicht. Was, wenn das Feuer wirklich näherkommen würde? Sagt man nicht, dass der Mensch noch übermenschliche Restkräfte aktivieren könne, wenn es brenzlig wird? Und wenn nicht? Dann würde der Rauch immer mehr werden, er würde einfach einschlafen und sich von den Flammen fressen lassen.

»Es geht schon«, brachte er hervor. »Ich brauche nur etwas zu trinken.« Er steckte eine Hand in seinen Rucksack und holte eine Dose billigen Energydrink hervor, warm wie Glühwein. Das klebrige Zeug ergoss sich über seine Finger, als er die Dose öffnete. Der zuckrige Sirup half ihm nicht wirklich, er musste fast brechen, würgte aber trotzdem fast die Hälfte hinunter.

»Bitte stirb nicht«, sagte Earl. »Ich habe keine Versicherung und nichts.«

Okay, dachte Nathan. Tun wir ihm den Gefallen, ich will diesen verschissenen Belgier ja nicht in Schwierigkeiten bringen. Trotz mehrerer Einwände bestand Earl darauf, Nathans Rucksack für den Rest des Weges zu tragen.

»Lass Earl deinen Rucksack tragen«, bat Ingrid ihn dann auch noch. Na gut. Ohne die Extrakilos ging es tatsächlich ein wenig besser. Trotzdem erniedrigend. Nathan vermied es für den Rest des Weges, Ingrid anzuschauen.

»Gefahrenzone durch vulkanischen Steinschlag!« stand auf dem großen Warnschild, kurz vor dem Krater des Telica.

»Wir haben es geschafft!«, rief Earl. Er machte ein High Five mit Ingrid. Irgendwo in Nathan regte sich Freude über die vollbrachte Wanderung, aber

Übelkeit und Erschöpfung ließen nicht mal ein müdes Lächeln zu.

Hinter der letzten Steigung erstreckte sich ein riesiges Steinfeld vor ihnen, beeindruckend in seiner Tristesse. Dahinter der schalenförmige Krater des Schichtvulkans, aus dem eine Wand weißen Nebels hervorstieg. Ein kleiner Steinkreis für Lagerfeuer und ein Gerüst aus Baumstämmen waren die einzigen menschlichen Spuren. Und ein alter Mann, der unter einem verwitterten Baum stand. Zu seinen Füßen lag eine schmutzig-weiße Kühltruhe. »¡Bienvenido al Telica! ¿Cerveza?«, begrüßte er die Zwei.

»Nein danke«, krächzte Nathan. »Haben Sie auch Wasser?«

»¡No, solo cerveza!«, tönte es lächelnd aus dem zahnlosen Mund zurück.

7

Den Sonnenuntergang hatte er verpasst. Nathan lag in seinem geliehenen Schlafsack auf porösem Vulkanstein und blickte in den dämmrigen Himmel. Die Sonne war bis auf ein Glimmen am Horizont verschwunden, die weißen Schwaden des Telica zogen über ihn hinweg. Er richtete sich auf seine Ellenbogen. Schmerzen zogen an ihm, als würden sie ihm mitteilen, besser liegen zu bleiben. Die Luft war erträglicher geworden, es war nicht kühl, aber die Hitze des Todes hatte ihre Herrschaft abgegeben. Rings um ihn Krater, Steine, unterbrochen von einigen vertrockneten Grasbüscheln. Er atmete die Luft ein, die von säuerlichem Schwefel und anderen Erdgasen durchzogen war. Geil, er hatte es geschafft. Zwar etwas versehrt und nicht ohne Hilfe, aber immerhin.

Er blickte sich um. Etwa hundert Meter entfernt war eine Bretterhütte, die leer und nicht sehr einladend wirkte, ein Steinkreis für eine Feuerstelle und ein Holzgestell, an dem einige Klamotten hingen. Etwas davon entfernt waren zwei Wurfzelte aufgeschlagen. Menschen sah er keine. Im ganzen Umkreis lagen dunkle Gesteinsbrocken, wie verbrannte Streusel auf einem Kuchen. Einige verknarzte Bäume standen am Abhang. Über allem herrschte der Hauptkrater des Vulkans. Von hier aus wirkte er wie ein flacher Hügel. Ein brauner Sandhaufen, von dem ein Kind ungelenk eine Schippe abgetragen hatte. Wolken weiß wie Schaumeis sprudelten auf der ganzen Kraterbreite aus ihm heraus und bildeten eine Wand, die sich über einen halben Kilometer erstreckte und in den Himmel ragte.

Ingrid ging ihm durch den Kopf. Mist, sie würde ihn jetzt für den letzten Schlappschwanz halten. Er war auf einem kurzen Tagestrip praktisch zusammengebrochen und musste sich den Rucksack tragen lassen. Wie peinlich. Was nutzt es mir, dachte er, wenn ich mein Ziel erreicht habe, aber alle um mich herum es besser machen? Ingrid war die ganze Zeit mit diesem Earl am Quatschen. Was das wohl für ein Typ war? So einer, der versucht, hübsche Touristinnen flachzulegen? Bestimmt. O Mann, und sie hat sich die ganze Zeit an ihn drangehängt.

Während er noch grübelte, gelangte eine helle Stimme zu ihm: »Naaaa-thaaaan!«

Ingrid! Sie rief irgendwo da vorne nach ihm. Er musste mit den Augen zwinkern, dann sah er sie winken. Sie war mit Earl auf dem halben Weg hoch zum Kraterrand – viel winziger, als er gedacht hätte. Noch ein paar andere Männchen hatten sich auf den Weg gemacht. Er winkte mit erhobenem Daumen zurück, um anzuzeigen, dass er fit war und sie gehört hatte. Den Blick in einen aktiven Vulkan würde er sich auf keinen Fall entgehen lassen. Er stand auf. Aus seinem Rucksack guckte seine Stirnlampe hervor, die er sich über den Kopf zog. Als würde die Erdwärme ihm neue Kräfte verleihen, schritt er geradewegs auf den brodelnden Vulkan zu. Ein Trampelpfad führte hinauf und verlief direkt am Rand des Kraters entlang. Es gab keinerlei Absperrungen, Schilder oder sonstige Warnungen. Es ging einfach nur nach unten. Ein kleiner Ausrutscher oder Schwächeanfall und man würde einfach so über hundert Meter in die Tiefe stürzen, aufschlagen und verbrennen. Nathan hielt einen Meter Abstand zum Rand. So richtig bis zur Glut konnte er so aber nicht sehen.

Ingrid und die anderen waren weitergegangen. Er hatte kein Verlangen, noch weiter hinten durchzugehen, wichtiger war jetzt erst mal das Feuer. Die Eingeweide der Erde. Der Grund des Kraters war so tief, dass er ihn selbst am Rand stehend nicht sehen konnte. Er musste sich nach vorne beugen. O Gott, Höhenangst und Schwindel, dachte er. Okay, im Stehen ist das wirklich nicht ungefährlich. Er ging auf die Knie, dann auf alle viere, und bewegte sich behutsam auf dem sandigen Boden vorwärts.

Schwefeldioxid biss sich in sein Inneres. Er zog das Tuch, das er um den Hals trug, über Mund und Nase. Der Vulkan hauchte dennoch in seine Lunge. Seine Finger glitten langsam an die Kante, er stützte sich auf die Arme und sah nun zum ersten Mal Lava. Samtfarbene Ströme krochen zwischen tiefschwarzes, aufgeplatztes Gestein. Der Berg atmete bleiches Gas aus. Nichts, was aus Fleisch, Blut oder Zellen bestand, hatte hier etwas zu suchen. Bedrohliche Klänge kamen aus dem Höllentrichter. Ein Vibrieren, das tiefer ging, als Nathans Ohren wahrnehmen konnten, breitete sich aus wie ein ritueller Gesang. Dazu in unregelmäßigen Abständen hallend krachende Laute, als ob jemand Steine mit voller Wucht in die Tiefe schmiss. Nathan brauchte ein paar Sekunden, um zu verstehen, dass es Felsen waren, die unter der Hitze der Lava zerbarsten, wie knackende Stöckchen in einem Lagerfeuer.

Die Erde lebt, dachte er. Sie brodelt und sprüht, kocht und verschiebt sich. Wir auf der Erdkruste sind kleiner als Flöhe auf einer Kuh. Diesem Vulkan ist es egal, ob wir hier herumstehen oder nicht. Selbst eine ganze Stadt in seinem Umkreis macht ihm nichts aus. Ein kurzes Speien und es bleibt nichts als verhärtete Asche, aus der bald wieder ein fruchtbarer Wald wächst. Würde er jetzt hinabfallen, würde es einmal Zisch machen, und nichts hätte sich für den Feuerberg verändert.

Die hervorquellenden Lavamassen bewegten sich wie schleichende Schlangen durch Nathans Gesichtsfeld. Er begann tiefer zu atmen. Sein Bauch presste sich rhythmisch gegen das warme Gestein. Weiße Schwaden schwebten wie Geister aus dem Untergrund in den Himmel. Das letzte Sonnenlicht war fort, rubinfarbenes Leuchten hatte sich über die Landschaft ausgebreitet.

Die Trennung, sein Auszug, die Reise, die Irrwege. Alles hatte Nathan zu diesem Ort geführt, wo die Steine lebendig wurden. Sein Leben verschwand, als er eins mit dem Vulkan wurde. Kleine Äffchen, die sich die Läuse aus dem Fell kratzten, mehr waren sie doch nicht. Wenn er noch ein bisschen mehr nach vorne robben würde, könnte er noch mehr von dem Feuer sehen, bis alles, was er wahrnahm, nur noch von dem Feuerberg beherrscht wurde. Wenn er seinen Schwerpunkt auf dem Rand ließ, konnte er sogar die Arme ausstrecken. Wie auf einer Achterbahn am Fotopunkt.

»Nathan?«, hörte er hinter sich eine Stimme. Jetzt nicht, dachte er.

»Nathan?« Die Stimme war sanft, aber sorgenvoll. »Komm da bitte wieder weg.«

Nathan spürte jetzt seinen Körper, der schräg nach vorne kippte, in diesen faszinierenden Geruch aus verbrannten Streichhölzern und unbekannten Giftgasen. Seine Arme und Schultern waren schon über den Rand ausgestreckt, er schwebte bis zum Bauchnabel über dem Krater. Als er versuchte, sich zurückzubewegen, merkte er, dass er schon so weit war, dass er nicht mehr aus eigener Kraft zurückkonnte. Sein gerade noch wohlig kribbelnder Körper wurde nun von Notfall-Adrenalin geflutet. Er ruderte mit den Armen, fand einen steinernen Halt, an dem er sich zurückziehen konnte. Plötzlich wurde er gezogen und schleifte über den Stein nach hinten.

»Bist du ein kleines Kind, oder was?«, hörte er Earl schimpfen. Er hatte ihn am Hosenbund gepackt und vom Kraterrand weggezogen. »Wie kann man so dumm sein und sich so weit herausbeugen? Glaubst du, ich habe Lust, dass meine Touristen in den Vulkan fallen? Was für ein Idiot.«

Nathan rappelte sich auf. Was redete dieser Typ denn da? »Was soll das?«, antwortete er. »Ich hätte das total alleine geschafft!«

»Gar nichts schaffst du. Leute wie du sollten zu Hause vor dem Fernseher bleiben, wo sie hingehören. Du schaffst das allein? Dann sieh zu, wie du alleine wieder runterkommst.« Earl drehte sich weg und stieg den Weg hinab zum Camp. Nathan merkte, wie seine Hände zitterten. Waren das die Gase oder die Aufregung?

Ingrid war zurückgeblieben und stand jetzt bei Nathan. »Du hast dich wirklich ein bisschen zu weit hinausgelehnt. Kommst du mit runter? Es ist inzwischen zu dunkel für Selfies.«

»Ja, ist wohl besser.«

Sie standen an der Feuerstelle ohne Feuer. »Willst du mit deinem Schlafsack vielleicht näher an das Camp kommen? Du hast dich ja irgendwo in die Pampa gelegt.«

Tatsächlich hatte Nathan vorhin einfach an der erstmöglichen Stelle seinen Schlafsack ausgerollt, um sich sofort nach der Tortur des Aufstiegs hinlegen zu können. Aber jetzt war er zu benommen. Sein Kopf fühlte sich ultrahocherhitzt und zusammengepresst an. Den anderen, eine Gruppe Spanisch sprechender Hippies, nickte er zu.

Niemand machte Anstalten, ein Feuer anzuzünden. Nathan hatte sowieso genug Hitze abbekommen heute. Sollte er noch umziehen? Dann müsste er zu seinen Sachen laufen, sie zusammenklauben und wieder hinlegen. Viel zu viel Kraftaufwand, und wofür? Die Spanier zogen sich schon in ihre Zelte zurück, und Ingrid hatte ihre Hängematte, die sich zuziehen ließ, zwischen zwei Bäume etwas abseits aufgehangen.

»Wo ist Earl?«, fragte Nathan.

»Er hat gesagt, er hätte einen Lieblingsplatz weiter unten. Er ist glaube ich schon dort.«

»Ich glaube, ich habe da hinten auch ein nettes Plätzchen gefunden«, sagte Nathan und versuchte ein cooles Lächeln aufzuziehen. »Ich werde es jetzt den Steinen gleichtun und erst mal liegen bleiben.«

»Absolut«, sagte Ingrid. »Was für ein Tag, oder? Ich werde mich auch mal zurückziehen. Schlaf gut und lass die Skorpione nicht beißen.«

»Sicher nicht, du auch!«, sagte er. Skorpione?, dachte er.

Nathan lag auf seinem offenen Schlafsack. Die Steine krallten sich wie Klauen von Erddämonen in seinen Rücken, Nacken und Hintern. Eine Weile versuchte er, hin- und herzurutschen, aber er fand einfach keine angenehme Stelle. Umziehen war keine Option, er fühlte sich hundeelend. Er hatte das Gefühl, einen der Lavasteine im Bauch zu haben, der ihn langsam von Innen verbrannte. Trotz allem musste er selber über sich lachen. Er hatte wirklich gedacht, dass sich etwas zwischen ihm und Ingrid entwickeln würde. Wie dämlich konnte man sein?

Eine Mischung aus Übelkeit und Bauchschmerzen breitete sich in ihm aus. Die Schwärze hinter seinen verschlossenen Augenlidern spiralisierte. Schwindel und Fieber, dachte er. Er muss einen Hitzschlag erlitten haben. Totale Erschöpfung in einer menschenfeindlichen Umgebung. Inzwischen hatte sich die Nacht ausgebreitet. Die einzigen Lichtquellen waren die Sterne und das Glimmen des Vulkankraters. Sein schlafloser Blick glitt zum mondlosen Himmel. Die Sterne hatten einen diamantenen Teppich gewebt, der sich über das Himmelszelt ausbreitete. Nathan hatte so etwas noch nie gesehen. Bei sich zu Hause sah er ab und zu ein paar Lichtpunkte am Himmel. Hier erstreckte sich das funkelnde Band der Milchstraße über sein ganzes Gesichtsfeld. Als die erste Sternschnuppe, die er je gesehen hatte, mehrere Sekunden über ihn hinweg zog, vergaß er kurz sein Elend auf dem harten Boden.

So sehr er sich im kosmischen Licht verlor, so sehr holte ihn sein geplagter Körper wieder zurück. Er hatte das bittere Gefühl, sich entleeren zu müssen – aus allen Körperöffnungen. Aber wie sollte das gehen? Er müsste unter Schwindel aufstehen, seine Schuhe finden und dann einige Meter die Kraterlandschaft entlanglaufen. Er hatte das mit dem Hinhocken vorhin schon einmal versucht. Aber es war nichts gekommen. Wäre er jetzt auf seinem Zimmer, würde er wahrscheinlich dutzendfach zwischen Bett und Klo hin- und herwandern. Er konnte sich noch nicht einmal auf die Seite drehen, ohne sich an den Steinen zu verletzen. Sollte er aufstehen? Was, wenn er es nicht schaffen würde? Sollte er sich einnässen? Ab einem gewissen Punkt wäre das die einzige Option. Aber so weit war er noch nicht. Zum Aufstehen fühlte er sich trotzdem zu elend. Also wandte er sich wieder dem

Nachthimmel zu. Er versuchte sich vorzustellen, dass um jeden Lichtpunkt, den er sah, mehrere kleine Planeten kreisten. Wie die Erde. Und auf jedem dieser Planeten lebten unzählige Seelen wie seine. Sie überlebten und versuchten das Beste aus ihren Umständen zu machen. Manche sahen aus wie Menschen. Andere waren Aliens, die nichts mit der tierischen Evolution zu tun hatten. Wesen aus Gas oder Schwarmintelligenzen, die in heißem Plasma lebten. Nathan verlor sich dort oben und kam doch immer wieder auf seinen schmerzenden, schwer atmenden Körper zurück. Ganz allein auf einem Stein war er am Schweben.

Ganz allein? Er dachte an Ingrid, die nur hundert Meter weiter in ihrem Kokon lag. Ob sie schon schlief? Oder ob sie auch die Sterne betrachtete? Zum ersten Mal kam ihm in den Sinn, dass sie ja auch ziemlich fertig sein könnte. Immerhin hatte er durch seine jämmerliche Konstitution die ganze Aufmerksamkeit auf sich gezogen. Vielleicht hatte sie sich ja nur zusammengerissen, ihm zuliebe?

Andererseits. Vielleicht war sie ja gerade topfit und noch gar nicht müde? Immerhin konnte es nicht viel später als zehn oder elf Uhr sein. Vielleicht lag sie gerade wach und wünschte sich ein bisschen Unterhaltung? Ein wenig Zärtlichkeit? Ach, nein, sie hatte ja ihren Freund erwähnt. Aber war ihr das nicht vielleicht einfach so rausgerutscht? Vielleicht brauchte sie mal ein bisschen Abwechslung? So eine einmalige Sache, irgendwo in der Fremde, das passierte doch schon mal. Musste doch auch niemand außer ihnen beiden erfahren. Einmal schwach werden. Wem passierte das nicht? War Patricia ja damals auch nicht schwergefallen, offensichtlich.

Vielleicht sollte er einfach mal alle Kräfte zusammennehmen, sich aufrichten, ein Örtchen für die Toilette suchen und dann mal bei Ingrid checken, ob alles in Ordnung war? Wäre das so abwegig, dass sie sich in diesem Moment nach jemandem sehnte, der sie in den Arm nahm, der sie küsste, ihr das Top und die verschwitzte Leggins abstreifte und dann langsam, aber sicher, zu einem heftigen Vulkanausbruch führte? Nathan wusste irgendwie, dass das nur eine dämliche Fantasie war. Aber irgendwo gab sie ihm auch neue Energie. Vielleicht, vielleicht war es ja einen Versuch wert. Der Gedanke an Ingrids Schenkel ließ Blut in seinen Unterleib schießen. Energie, die von unten heraufstrahlte. Immerhin, bewegen müsste er sich ja bald mal. Eine kleine Nachtwanderung. Vielleicht ergab sich ja wirklich noch ein kleines Pläuschchen. Die Atmosphäre war ja eigentlich zu einzigartig, um sie zu verpennen. Vielleicht hatte sie ja tatsächlich Lust?

Nathan richtete sich auf und versuchte die Hängematte von Ingrid in der Dunkelheit auszumachen. Irgendwo zwischen ihm und dem Vulkan. Okay, komm, noch einen letzten Spaziergang. Er kam auf die Beine und zog die Schuhe an. Der Hauch des Vulkans zog durch seine Nase. Er knipste seine Stirnlampe an und hielt sie mit der Hand zu, sodass sie nicht zu sehr strahlte. Ein paar Schritte von seinem Schlafsack entfernt versuchte er zu pinkeln. Nichts kam. Wahrscheinlich alles vom ausgetrockneten Körper aufgesaugt. Egal, später. Er packte ein und machte sich auf den Weg Richtung Camp. Bei den Hippies war alles ruhig. Und in der Hängematte zwischen den Bäumen? Ein kleines Licht schimmerte dort. Ingrid war noch wach!

»Heey«, flüsterte Nathan mit seiner liebsten, leisesten Stimme und ein Zucken ging durch den Schlafsack.

»Wer ist da?« Der Reißverschluss ging auf, und Ingrid schaute verwundert heraus.

»Ich bin's nur«, sagte Nathan.

»Oh, ist irgendwas?«

»Nein gar nicht«, flüsterte Nathan und hielt sich am Seil der Hängematte fest, wobei er diese ein wenig schaukelte. »Ich, äh, ist alles gut bei dir? Kannst du auch nicht schlafen?«

»Ja, alles okay«, sagte sie mit einem Zögern in der Stimme. »Ich wollte gerade schlafen.«

»Hast du vielleicht Lust, ein bisschen die Sterne zu gucken? Mit mir, meine ich?«

»Nein«, kam die Antwort ohne Zögern. »Nathan, du solltest dich vielleicht besser hinlegen und etwas schlafen, okay?«

Nathan zog etwas an der Hängematte und setzte ein Lächeln auf, das sie, angestrahlt von seiner Lampe in der anderen Hand nicht sehen konnte. Ein paar Sekunden vergingen.

»Okay?«, fragte sie noch mal, diesmal war ihre Stimme etwas lauter.

»Na ja, ich dachte ...«, begann er. Aus dem Hippiezelt bei der Feuerstelle kam ein Rascheln. Einer der Jungs stieg heraus und grüßte Nathan und Ingrid müde mit einem »Buenas noches«, bevor er Richtung Busch ging.

»Äh, ja, okay. Alles klar«, sagte Nathan und ließ die Hängematte los. »Ich dachte nur ... Okay. Dann schlaf gut«, stotterte er.

»Gute Nacht«, kam es zurück und Ingrid zog den Reißverschluss zu.

Gut, das hatte nicht geklappt. Schade. Aber wenn er es nicht probiert hätte, hätte er sich wahrscheinlich hinterher geärgert. Er legte sich wieder ungelenk in sein Steinbett.

Ach, es wäre schon nett gewesen. Seine Hand ging in seine Hose.

Da hörte er es.

Rrupp rrupp rrupp, machte es nicht weit von ihm. Nathan hielt inne.

Rrupp rrupp rrupp rrupp.

Was war das, fragte er sich?

Irgendwer schabte da. Aber wer sollte denn hier etwas schaben und was? Es klang irgendwie weich. War irgendeiner von den anderen Wanderern aus seinem Zelt geschlichen? Er hatte ja gerade wahrscheinlich jemanden geweckt.

Rrupp rrupp rrupp.

Sollte er rufen? Erst mal nicht. Er legte sich möglichst geräuschlos auf den Rücken, mit dem Hinterkopf auf den staubigen Stein. Das Geräusch veränderte sich, es war jetzt nicht mehr schabend, sondern ein Schnaufen, das von einem Kratzen begleitet war. Das war kein Mensch. Verdammt. Ein Tier. Und sicher kein zahmes. Nathan kniff die Augen zusammen und versuchte etwas zu erkennen. Wabernde Schwärze. Er wusste, dass aus dem Boden rechts von ihm, woher das Geräusch zu kommen schien, eine Felswand ragte, die nach ein paar Hundert Metern zum Grat des Vulkankraters wurde. Dazwischen ein paar vereinzelte trockene Bäume. War da auch noch ein Felsspalt, bevor es hoch ging? Er meinte sich zu erinnern, dass es dort in die Tiefe gehen konnte. Blind und ohne Licht in diese Richtung zu gehen, würde er sicher nicht. Es schnaubte noch mal. Diesmal lauter und etwas näher. Ob das Tier wusste, dass da ein Mensch lag? Geschwächt und eingewickelt in nichts weiter als hauchdünnes Polyester?

Ein Hund, dachte er. Es musste ein Hund sein. Überall trotteten diese herrenlosen Streuner herum. Total harmlos. Wobei? Er hatte auch irgendwo gelesen, dass diese Straßenhunde nachts ganz gerne mal einen Gesinnungswandel durchmachten und zu bissigen Bestien wurden. Hatte er so was nicht schon letzte Nacht zwischen den Bars vernommen? Da war doch etwas gewesen, irgendwo auf der Straße. Oder bildete er sich das nur ein? Ein Gefühl von Déjà-vu überkam ihn. Dasselbe Geräusch, dieselbe Art unbestimmter Angst. Aber unten in der Stadt und hier oben auf dem Vulkan das gleiche Geräusch, das passte doch nicht. Verdammt, dieser Saufkopf verdrehte einem echt die Erinnerungen.

Ein schnaubender, tollwütiger räudiger Köter. Das wird es sein. Na wenn's weiter nichts ist. Eigentlich war Nathan ja ein Hundefreund, zumindest ein Freund der domestizierten, braven Hundis. Aber irgendwie, dachte er, kamen keine Hundevibes von diesem Wesen zu ihm rüber. Das Kratzen auf dem Steinboden wurde lauter. Kein Hund. Was gab es denn noch? So langsam wurden seine Muskeln starr und zittrig. Verdammt. Berglöwen, Jaguare. Solche Riesenkatzen gibt es doch auch. Zumindest in Nordamerika. Und in Südamerika auch.

Und in Mittelamerika? Aber irgendjemand hätte ihn doch gewarnt, wenn in den Bergen todbringende Raubtiere patrouillieren würden, oder? Urs, Violeta, Ingrid, dieser Guide, irgendwer. Aber hatte Ingrid nicht gerade auch etwas von Skorpionen gesagt, fiel es Nathan ein. Warum kriegt man so was nicht früher mitgeteilt? Seine Aufmerksamkeit verschob sich von dem Dunkel einige Meter entfernt auf den Boden neben ihm. Hat da etwas geraschelt? Warum warnt mich denn niemand vorher? Wie bekloppt das ist, mitten in der nicaraguanischen Steppe ohne jeglichen Schutz auf dem nackten Boden zu schlafen, während nebenan ein aktiver Vulkan brodelt.

Berglöwen waren doch leise, oder? Würde sich so eine nachtaktive Miezekatze auf die Lauer legen, um ihn zu verspeisen, er würde das doch nie merken, oder? Katzen waren lautlose Jäger. Die schabten nicht herum. Die legten sich auf die Lauer, visierten ihr Ziel an, sprangen und schlitzten. Das war's. Also kein Hund, keine Katze.

Ein grauenhafter Gedanke kam in ihm hoch. Der Bär. Das furchterregendste Tier, das er kannte. Bären haben es nicht nötig, sich auf die Lauer zu legen. Die haben keinen Grund zu bellen und sich wie irgendein Straßenhund zu beweisen. Bären können herumtapsen, wie sie wollen, sie kriegen ihr Futter sowieso immer. Bären machen genau das, was dieses Tier tut. Rumschaben, ein bisschen

Schnauben, sich die Sterne angucken und dann einfach ins Menschencamp tapsen und sich ein großes Stück Fleisch greifen. Sollte man weglaufen, bekommt er noch eine spaßige Spieleinlage, kann etwas herumtollen, bevor es dich mit seinen Tatzen fixiert und anfängt zu fressen. Er setzt sich einfach auf dich drauf und beginnt Stücke aus deinem Torso herauszunehmen. Er fängt bei den Weichteilen oder im Gesicht an. Dass Du dabei schreist und wimmerst, interessiert ihn nicht wirklich. Er behält einfach seinen lieben knuddeligen Teddybärenblick, den alle so süß finden, während deine Gedärme langsam auslaufen.

Nathans beste Ahnung war also, dass ein Bär bei ihm war. Sein schlimmster Albtraum. Was ihn noch zusätzlich aufregte, war die Tatsache, dass er absolut keine Ahnung hatte, ob es in diesem Teil der Welt Bären gab. Er biss sich in die Hand aus Wut, nicht mal wenigstens Wildlife in Nicaragua nachgeschlagen zu haben. Nordamerika hatte Bären. Er meinte, auch von Bären in Mexiko gehört zu haben. Und hier? Was sollte er jetzt tun? Er wusste, dass man sich bei verschiedenen Bärenarten jeweils anders verhalten musste, um ein Treffen zu überleben. Bei einigen musste man ruhig bleiben und sich totstellen. Bei anderen musste man laut rufen und Lärm machen. Die Fellfarbe hatte damit zu tun. Nützt eh nichts im Dunkeln. War es das jetzt?

Er würde als ein Artikel im lokalen Panorama-Ressort enden: »Deutscher Tourist (23) in Nicaragua aufgefressen.« Und die Kommentare darunter:

»Traurig, aber mal ehrlich, wie blöd kann man sein?!?« »Irgendwie kein Mitleid mit Leuten, die glauben, irgendwo ohne Alpinistenwissen auf einen Berg steigen zu müssen.« »Was für Menschen machen denn bitteschön Urlaub in Nicaragua? Wo soll das überhaupt sein lol«

Das Ding kam näher. Jetzt konnte Nathan auch Umrisse erkennen. Es stand längs zu ihm. Gemessen an seiner eigenen Größe schätzte er es auf zwei Meter, vielleicht sogar drei. Verdammt, was war das? Es grunzte, drehte sich in seine Richtung und sah ihn an. Zwei violett irisierende Augen stachen ihm bis in den Hinterkopf.

Zu weit draußen, kam von den Augen. Er hörte es nicht, das Tier sagte es nicht. Es brannte sich ihm trotzdem ein. *Du bist zu weit gelaufen.*

Er wurde angegriffen. Er musste etwas tun. Einen Stein werfen. Seine Hand glitt aus dem Schlafsack und fühlte den Boden ab, bis er einen Stein fühlte, scharf, warm und schwer. Schwächlich warf er ihn in Richtung schwarzes Ungetüm. Er schlug irgendwo davor auf und machte ein hohles *Klong*. Nathan spürte die Erde unter sich vibrieren. Alter, die Erde hier ist hohl, dachte er. Während das Tier auf ihn zukam, wurde er sich bewusst, dass er nicht auf festem Untergrund lag, sondern über einer Höhle sein musste, in der blutrotes Magma umherwaberte und spritzte. Eine lebende Höllenlandschaft, direkt unter ihm.

Und aus dieser heraus war dieser Dämon gekrochen. Die leuchtenden Augen kamen näher. Irgendwie schaffte Nathan es, aufzustehen, der Schlafsack blieb um seine Beine gewickelt. Licht, wenn er doch nur was sehen könnte. Die Stirnlampe lag noch neben ihm. Er schaltete sie ein, um zu sehen, was da auf ihn zugedonnert kam. Schwarzer Kopf, purpurne, irre Augen, ein pinkes Maul, aufgerissen wie eine Fleischwunde, und daraus gelbe Hauer, so groß wie Finger.

Die Wildsau grunzte ihn an, ein ungetümes Getöse kam aus ihrem Maul.

»Aus!«, rief er dem Tier zu, als wäre es ein ungezogener Haushund. Das schwarze Schwein kam brüllend auf ihn zu, Nathan wollte zurückweichen, was aufgrund des Verhedderns im Schlafsack aber unmöglich war, und knallte seitlich auf ein paar Steinspitzen. Offener Blitzschmerz zog sich durch seine ganze Seite und den linken Arm. Er versuchte sich aufzurichten, aber es gelang ihm nicht. Das Schwein stieg mit seinen Vorderläufen voll auf ihn drauf und presste ihm unerbittlich die Luft aus den Lungen. O Gott, es will mich fressen, ging es Nathan durch den Kopf. Ein Huf bohrte sich in seine

Schulter, er musste sich drehen, um sie zu entlasten. Jetzt lag er auf dem Rücken, die Sau mit beiden Hufen auf seiner Brust, ihre Hinterläufe klemmten seine Beine ein. Ein rülpsendes Grollen kam aus der Kehle des Tieres, und es beugte sich ganz langsam zu Nathan herunter, sodass dieser den ganzen tierischen Gestank einatmete, eine Mischung aus verrottendem Fleisch, verdorbenen Früchten und Ammoniak. Seine Lampe leuchtete ölige Borsten an. Instinktiv schloss er die Augen und fühlte sich in seinen Körper ein, um sich rauszuwinden. Die Tieraugen starrten ihn weiter purpurn an. Kurz kam Nathan der entsetzliche Gedanke, ihm wären die Augenlider abgerissen worden, und er könnte sie nicht mehr schließen. Nein, er sah einfach hindurch. Das Wildschwein erschien ihm kleiner zu sein, wie ein Hologramm auf seiner Netzhaut, aber er spürte sein Gewicht immer noch. Bewegungsunfähig konnte er nichts weiter tun, als sich vollsabbern und von den glühenden Augen anstarren zu lassen, die ihm weiterhin sagten: *Du wagst dich zu weit vor*!

Seine laschen Schlagversuche schwächten sich zu Zuckungen ab. Während das Schwein ihn festhielt, klickte irgendwo in Nathans Kopf ein Schalter. Er wurde plötzlich ganz ruhig und entspannt. Das war nichts Ungewöhnliches, ganz und gar nicht. Gefressen werden, das war das Natürlichste auf der Welt. Alles Leben fraß und wurde gefressen, seit Urzeiten. Er ergab sich.

Ob er die Augen zu hatte oder nicht, war egal. In seinem Kopf leuchtete es, und Formen bildeten sich. Knorrige Äste, dunkle Kreise, Gesteinsporen, chaotisch verteilt, aber dennoch Muster ergebend. Dann eine weiße wehende Decke, die sich über ihn und alles legte. Es war ihm egal. Auch, dass warmer Urin durch seine Shorts in den geliehenen Schlafsack rann. Es war gut so. Sollte er verschwinden, das ist der Lauf der Dinge. Es war ihm auch gleich, als das Tier von ihm abließ und wieder im Dunkel verschwand. Er glitt von der weißen Decke in eine tiefe Bewusstlosigkeit.

»Hast du noch Wasser?«

Ingrid sah an dem Morgen bis auf ein paar Staubflecken aus wie frisch aus der Dusche gesprungen. Ihren gepackten Rucksack hatte sie keck über eine Schulter geworfen. Nathan hatte in der Hand seine fast leere Wasserflasche.

»Einen letzten Schluck zum Frühstück.« Er kippte sich das Wasser runter, das die Nacht angenehm heruntergekühlt hatte.

»Na, dann heißt es jetzt durchhalten!«, sagte Ingrid. »Keine Sorge, runter geht's schneller als rauf. Earl ist schon vorgegangen, er wartet am Warnschild auf uns.«

Nathan schaute auf den aufgeräumten Zeltplatz vor sich, wobei er vergeblich versuchte, Spuren auszumachen. »Wo sind denn die Spanier?«

»Wer?«

»Die Hippies, die gestern hier gezeltet haben.«

»Ach, die Gruppe aus Mexiko. Die sind schon mit den ersten Sonnenstrahlen aufgebrochen. Ich habe dich schlafen lassen. Dachte, du brauchst vielleicht etwas länger zum Ausruhen. Hast du die Nacht auf dem Boden unbeschadet überstanden?«

Nathan tastete sich an die Schulter. Stechschmerzen. Was war denn gestern bloß los gewesen? Hatte er geträumt oder komplett das Bewusstsein verloren? »Na ja,« sagte er ohne große Emotion. »Ich war ziemlich fertig, und dann kam da noch dieses, dieses Schwein auf mich zu.«

»Ein Schwein?«

»Ein Wildschwein. Es kam auf mich zu und hat sich auf mich draufgesetzt.«

Ingrid prustete los. »Ist das dein Ernst?«

»Ja, Mann!« Nathan war verwirrenderweise zum Weinen zumute, er konnte aber nicht anders, als auch zu lachen. »Im Ernst, es war superkrass, richtig gruselig. Ich hätte mir fast in die Hose gepisst.«

»Mir hat in Costa Rica mal ein Affe das Haarband geklaut. Das war übler, als es sich anhört, sag ich dir! Wollen wir mal los? Ich will noch zurück sein, bevor die Sonne wieder untergeht.«

Er nickte. Er fühlte sich überraschend fit, der Schwindel war verschwunden, die Schlappheit verflogen. Jetzt waren es die Kratzer und Druckstellen, die ihm Probleme machten.

Er atmete kühle Morgenluft, gemischt mit Vulkandämpfen, ein, als sie dem Telica Lebewohl sagten. Zumindest Ingrid sagte laut winkend: »Bye, Telica, see you soon!«, worauf Nathan nur ein »Yeah, Ciao« hervorbrachte.

Schon merkwürdig, wie die Nacht alles unheimlicher macht, und wie banal die Welt bei Tag dann wieder aussieht, dachte Nathan. Sicher war dieses Tier nur verwirrt gewesen, angelockt von meinem Essen. Und da ich ja auch in diesen Schlafsack eingewickelt war, war ich für das Schwein wohl mehr Burrito als Mensch.

Was für Wahnvorstellungen man bekommt, wenn man mal ein bisschen erschöpft war.

8

Der Ventilator neben seinem Bett quiekte. Nathan drehte sich im Liegen um und riss das Kabel aus der Wand. Immerhin, etwas Ruhe. Das Geräusch hatte ihn durch fiebrige Halbschlafträume begleitet. Er rieb sich die Schläfen. Alles tat weh. Er fühlte immer noch die Hitze, die er von dem Vulkanmarsch eingefangen hatte, durch seinen Körper strömen. Seine Beine brannten wie Sau. Dazu hatte sich auf seiner Brust ein Hämatom gebildet und eine grünliche Farbe angenommen. Wie ein Spinnennetz weiteten sich unter seinem Schlüsselbein Äderchen über die ganze linke Brust und Schulter aus. Sein Kopf pulsierte. Schwerer, grellgrüner Schleim hatte sich auf seine Atemwege gelegt. Er hustete und würgte. In seinem ganzen Körper hatte sich ein Kribbeln breitgemacht. Es zog sich von seiner verletzten Schulter über seine Brust und die Seiten bis in die Weichteile und die Beine hinab. Er wollte glauben, dass es der Heilungsprozess war, aber es könnte auch irgendeine Mangelerscheinung sein, denn er hatte seit der Wanderung kaum gegessen.

Es war hell draußen, aber ob er drei oder dreiundzwanzig Stunden geschlafen hatte, vermochte er nicht zu sagen. So oder so, er musste mal aufstehen. Etwas Essen holen. Außerdem merkte er, wie sich Wärme in seinem Zimmer aufstaute. War das jetzt so, dass er ausschließlich die Wahl zwischen diesem nervtötendem Ventilator-Quieken und erstickender Hitze hatte? Wie konnten die Menschen unter diesen Bedingungen hier überhaupt leben?

Immerhin hatte er inzwischen mitbekommen, dass gar nicht weit vom Homestay ein Supermarkt sein sollte, fünfzehn Minuten in die andere Richtung als in die Innenstadt. Nathan stand auf, stellte sich kurz unter den Duschhahn und zog sich die letzten frischen Sachen an, die er noch hatte.

Draußen ging es einigermaßen. Zwar spürte er üblen Muskelkater in den Schenkeln, und seine Brust tat weh, aber immerhin röchelte er im aufrechten Gang nicht so viel wie im Bett. Der Gedanke an einen komfortablen Supermarkt gab ihm zusätzlich noch Ansporn. Frische Luft aus Klimaanlagen, breite blitzblank geputzte Gänge mit etagenweise Essensauswahl, eine frostig-kalte Abteilung mit Limos sortiert nach Regenbogenfarben, Kühltheken mit fertig zubereiteten Mahlzeiten, die man nur auslöffeln brauchte.

Die Realität sah nicht ganz so ultrageil wie seine Vorstellung aus, aber immerhin hatte der Supermarkt ein modernes Flair, es lief eine Lounge-Version von Britneys *Toxic* durch die Lautsprecher, und es gab einen großen Kühlschrank voll mit Limo und Bier. Nathan leerte direkt im Gang eine limettenfarbene Dose aus und packte den leeren Behälter mit noch drei weiteren Dosen in seine mitgebrachte Tragetasche. So, Hunger. In Deutschland hätte er an so einem gebeutelten Tag nichts lieber als ein feines Leberkäsbrötchen gemampft oder sich eine stattliche Bratwurst reingeschoben. Aber irgendwie drehte ihm sich gerade selbst bei dem Gedanken daran schon etwas der Magen um.

Er ging zur Fleischtheke, wo sich ihm rosafarbene Koteletts, marmorierte Rippchen und maisgelbe Schenkel entgegenstreckten. Die Limo schoss ihm so schnell die Speiseröhre hoch, dass er einen blassgrünlichen Spritzer auf den Boden platschen ließ. Irgendjemand ließ ein tief empörtes Grummeln hinter ihm los. Nathan ging schnell in einen der Gänge. Fuck. Kriegte er denn überhaupt nichts mehr hin? Nervös drehte er sich um und sah, wie jemand, wohl der Grummler, hinter einem Regal Speiseölkanistern verschwand. Nervös schaute Nathan sich um. Er war wohl doch noch etwas überreizt von der Wanderung. Was gab es denn hier noch? Ein Regal mit Chips türmte sich vor ihm auf. Geschmacksrichtungen Speck, Käse und Chili. Er musste sich hart zusammennehmen, seinen restli-

chen Mageninhalt hier nicht auch noch auszuwer-
fen. Gleichzeitig stieg sein Puls an, und er hatte das
Gefühl, er wurde von allen Seiten beobachtet. Vielleicht hätte er hier im Supermarkt nicht die Geträn-
kedose aufmachen sollen. Er wird sie doch bezah-
len! Er schaute nach oben, wo er eine kleine
Überwachungskamera entdeckte. Bestimmt hatten
sie ihn schon auf dem Kieker hier. Los, raus. Er
ging schnurstracks Richtung Kasse, bis ihm auffiel,
dass er außer Getränken gar nichts in seinem Beu-
tel hatte. Er musste was zu essen finden.

Er machte auf dem Absatz kehrt, ging zum Eingangsbereich, wo das Gemüse lag, nahm eine große
Tomate, ein Bündel Bananen und fand auch noch
eine Packung Tortillas und eine Tüte mit pürierten
Bohnen. Das sollte wohl reichen für heute. Sein Magen beruhigte sich scheinbar etwas. Trotzdem hatte
er noch das Gefühl, dass er von allen Seiten ange-
guckt wurde. Als er sich nach den Leuten um-
schaute, einige Locals und ein paar eindeutige Touris waren hier, beachteten sie ihn aber gar nicht.
Vielleicht nur, wenn er gerade nicht guckte? Auch
die Kassiererin machte null Anstalten, sie schenkte
ihm sogar ein kurzes flirty Lächeln und gab ihm
seinen Beleg.

Auf dem Parkplatz vor dem Supermarkt atmete
Nathan einmal kurz tief durch. Diese tropische Luft
tat ja ganz gut für zwei Minuten, wenn man aus ei-

nem klimatisierten Gebäude kam. Dass man die nicht einfach so ein und ausschalten konnte, wie man will.

Aus dem Augenwinkel sah er, wie hinter einem der Autos etwas hervorkam. Langsam, stapfend und mit einem lauten Grunzen, das er laut und deutlich durch den Verkehrslärm hören konnte. Das gibt es doch nicht, dachte er. Das kann doch gar nicht sein. Es war das schwarze Wildschwein vom Vulkan. Am helllichten Tag lief es hier rum. Eine verunstaltete Schnauze mit zwei abgewetzten, gelblichen Hauern, fettglänzende Borsten, die wie Stacheln zu allen Seiten abstanden, spitze, matschverdreckte Hufe. Der Anblick des Tieres ließ die Wunde auf Nathans Brust aufflammen, als hätte jemand mit einer Eisenstange hineingestochen. Er schaute kurz zum Eingang des Supermarktes und hob schon den Arm, um auf das wilde Tier zu zeigen, das hier in der Stadt ja absolut nichts zu suchen hatte. Aber als er seinen Kopf wieder zurückwandte, war da kein Schwein mehr. Nur eine kleine graue Straßenkatze, die über den Parkplatz huschte.

Irritiert guckte sich Nathan noch mal um. Nein, da war nichts. Kein Schwein, nicht einmal ein schwarzer Hund. Dafür kamen Übelkeit und leichter Schwindel zurück. Er rieb sich die Augen und sah, wie zwei purpurne Lichter sich in seine Netzhaut einstachen.

»Urs? Du gehst mit Urs aus?« Nathan hatte gerade die klebrige Kühlschranktür geöffnet, um seine Limodosen hineinzustellen.

»Er wollte später ins Mirador, die Rooftop Bar, Sonnenuntergang gucken und Cocktails trinken«, antwortete Ingrid, die gerade Abwasch machte.

»Aber da wollte ich mit dir hin!«, jammerte er.

»Dann komm doch mit!«

Ein Schleimtropfen kroch aus Nathans Nase, er musste sich entschuldigen und ausrotzen. Sein Kopf brannte wie vier Tage Kater.

»Alter, ich glaub, das schaffe ich heute nicht.« Er rollte seine Tortilla, die er mit Bohnenpamps bestrichen und mit Tomate bestückt hatte, zusammen und schob sich den Wrap in den Mund.

Ingrid schenkte ihm für eine halbe Sekunde einen mitleidigen Blick. »Oder du chillst vielleicht lieber noch etwas in deinem Zimmer.«

»Ja, vielleicht hast du recht.«

»Der Trip war anstrengender als gedacht, oder?«

»Ja, auf jeden Fall. Bist du auch so platt?

»Nein, eigentlich nicht. Ich meine, für dich.«

»Dieses Schwein geht mir nicht mehr aus dem Kopf«, sagte Nathan nach einer Pause.

»Welches Schwein?«

»Dieses Wildschwein, das mich angegriffen hat. Hier.« Nathan hob sein T-Shirt hoch und zeigte Ingrid den blauen Fleck auf seiner Brust.

Ingrid schaute nur kurz von dem Topf, den sie ausschrubbte, hoch. »Autsch. Das hat dich ja ganz schön erwischt.«

»Dieser Angriff geht mir einfach nicht aus dem Kopf. Habe ich dir erzählt, dass dieses Monstrum lila Augen hatte?«

Ingrid runzelte ungläubig die Stirn. »Das ist ein ungewöhnliches Verhalten von so einem Tier.«

»Gerade am Supermarkt dachte ich, dass mich das Schwein verfolgt, aber es war nur eine Katze.«

Ingrid musste kichern, unterdrückte das aber schnell. »Oje. Ja, wenn sich mal etwas im Kopf festgesetzt hat, kann es einen schon verfolgen. Ich würde wahrscheinlich auch überall Schweine sehen, wenn ich von einem angegriffen worden wäre. Zum Beispiel …« Sie hielt inne. »Du warst mit im Legenden-Museum, oder? Da war auch so ein Schwein bei den Figuren. Richtig gruselig war das.«

»Im Museum?« Nathan überlegte kurz. »Stimmt, da war so etwas.«

Er hatte dort definitiv ein Schwein gesehen, zwischen den ganzen Puppen. Es war schwarz gewesen, und hatte es nicht auch irgendwie rote Augen gehabt?

»Weißt du, ob Raphael etwas dazu gesagt hat?«

»Nein, ich glaube nicht. Aber da waren doch Schilder an fast allen Figuren angebracht. Bestimmt stand da auch etwas über dieses Schwein.«

»Hm.« Dieser Angriff war wirklich ungewöhnlich, dachte Nathan. Vielleicht gab es aber wirklich eine Unterart von Wildschweinen, die Leute angriffen. Und diese Erscheinungen, die Übelkeit und die ganzen anderen Symptome? Vielleicht hatte er sich irgendetwas eingefangen. Eine Art Bakterie oder so? Immerhin hatte er vor seiner Reise alle möglichen Impfungen gemacht, Tetanus, Tollwut und so was. Aber es gibt ja noch haufenweise andere seltene Infektionen.

»Weißt du was? Du hast recht. Da war ein schwarzes Schwein«, sagte er. »Meinst du, es macht Sinn, sich das noch mal anzuschauen? Vielleicht finde ich im Museum ein paar Hinweise.«

»Was für Hinweise denn?«

»Na ja, ob diese Tiere vielleicht öfter aggressiv werden. Was dahinter steckt und so.«

»Meinst du nicht, du solltest lieber mal zum Arzt gehen? Vielleicht entzündet sich da etwas bei dir. Du wirkst etwas durch den Wind.«

Nathan dachte daran, was Urs über die hygienischen Zustände im Krankenhaus hier gesagt hatte.

»So schlimm ist es noch nicht, denke ich. Hast du Lust, nochmal mit ins Museum zu kommen?«

»Nee, tut mir leid«, sagte Ingrid ohne zu zögern. »Ich habe noch genug zu erledigen, bevor ich abreise. Geh mal alleine.«

9

Wahrscheinlich wäre ein Krankenhaus wirklich die bessere Adresse, dachte Nathan, als er Richtung Museum der Legenden und Traditionen marschierte. Aber nach dem, was Urs hatte anklingen lassen über die Zustände in dem hiesigen Hospital, hatte er wirklich keine Lust, diesen Ort von innen zu sehen. Da müssten sie ihn schon mit einer Bahre reintragen. Und was sollte er denn da am Empfang bitte schön sagen? »Hola, schauen Sie, hier ist ein blauer Fleck auf meiner Brust. Das war ein Schwein oder so. Ich hatte irgendwelche Wahnvorstellungen deshalb, und mir ist auch schlecht ab und zu. ¡Ayúdame, por favor!« Nein. Nicht denkbar. Und so schlimm ging es ihm ja auch gar nicht mehr. Er brauchte aktuell ja keine Hilfe, sondern wollte einfach nur interessehalber schauen, was es mit dieser Schweinefigur auf sich hatte. In so einem Museum müssten die ja die lokale Flora und Fauna kennen. Wahrscheinlich eine ganz zutrauliche Art, die ihn nur auf dem falschen Fuß erwischt hatte. Mehr wollte er ja gar nicht wissen. Dass das absolut nichts

Ungewöhnliches war und es immer wieder mal vorkam, dass so ein Tier aus einem Bauernhof ausbüxte und über schlafende Touris drüberstieg. Kein Grund zur Beunruhigung.

Nathan legte einen Schein für den Eintritt auf den Tresen am Eingang und verneinte, als er nach einer Tour gefragt wurde. Mit einem komischen Gefühl im Bauch, einer Mischung aus Aufregung, Angst und Abenteuerlust, stand er zum zweiten Mal vor dem hässlichen, kastenartigen Gefängnisgebäude. Das Schwein musste irgendwo in einem der hinteren Räume gewesen sein. Er konnte sich zwar nicht erinnern, wo, aber es kam ihm vor, als ob seine Füße genau wussten, wo es lang ging. Mit zielgenauen Schritten ging er an einer Tür vorbei, dann an einer zweiten. Bei der dritten Tür zog es ihn in das Gebäude, vorbei an einer Frauenpuppe mit großen Brüsten und wilden Haaren, um zwei Ecken links und rechts, und da stand er vor dem Schwein.

Er hatte sich wirklich nicht geirrt, es war eine Schweinefigur aus Holz und Pappmaché, angestrichen mit einer glänzenden Lackfarbe. Äußerlich ähnelte es einem gewöhnlichen Hausschwein, wären nicht dessen tiefschwarze Borstenfarbe und seine rubinroten Augen aus gefärbten Murmeln. Das ist es, dachte er. Die Details stimmten nicht ganz, aber die Ähnlichkeit war zu stark, um zufällig zu sein.

Die Erinnerung an die Nacht auf dem Vulkan kam zurück wie ein Schlag in die Magengrube. Wie Blitze kamen die Bilder immer wieder in Nathan hoch. Die dunklen Umrisse des Schweins, das Ungewisse, das zur Angst wurde, je näher das fremde Wesen kam, das Gefühl der Ohnmacht, als es einfach über ihn stieg, die Schockstarre, der Gestank und die Augen. Die glühenden Augen hatten sich in seinen Kopf eingebrannt wie in einen alten Monitor. Aber er hatte sie immer wieder zurückgedrängt. Sich abgelenkt mit Spielen auf seinem Telefon. Das Licht neben dem Bett angelassen. Musik auf die Ohren gemacht und sich selbst eingeredet, dass es ein dummer Unfall mit einem verängstigten Wildviech war. Was sollte er auch sonst tun? Sollte er etwa Ingrid sagen, dass er immer noch Angst hatte in der Nacht? Ingrid, zu der er sich doch so hingezogen fühlte und die er wenigstens ein bisschen beeindrucken wollte? Die eigentlich hier war, um Besseres zu tun und jungen Frauen zu helfen, die wirklich traumatisiert waren?

Plötzlich kam er sich vor wie in einem Tunnel, der immer enger und enger wurde. Die Wunde auf seiner Brust fing an, stechend zu pulsieren. »Hola, amigo«, hörte er da hinter sich. Es war Raphael, der Guide, der ihn schon bei seinem ersten Besuch durch das Museum geführt hatte. »Schon wieder zu Besuch?«, fragte er auf Englisch.

»Was ist das?«, brachte Nathan mit einem Krächzen in der Stimme hervor und zeigte auf die Figur.

»Ahh, das«, rief Raphael, ging zu dem Schwein und tätschelte ihm den Kopf. »Das ist Chancha Bruja!« Er zeigte mit dem Finger auf Nathan und zwinkerte ihm schelmisch zu. »Nimm dich in Acht, junger Mann, denn dies ist kein einfaches Tier! Nein, es ist eine Hexe, die sich in ein Wildschwein verwandelt hat, um auf die Jagd zu gehen«, erklärte er. »Frauen, die von Eifersucht getrieben sind, deren Mann sie betrogen hat oder die von ihrem Geliebten sitzen gelassen wurden – sie gehen einen Pakt mit dem Teufel ein! Satan gibt ihnen Zauberkräfte, sodass die Frauen ihre Form verändern können. Manchmal verwandeln sie sich in eine Katze oder ein anderes kleines Tier, die dann ihren Opfern Schaden zufügen. Am liebsten verwandeln sie sich aber in Schweine.« Der kleine alte Mann ging an ihn heran und lächelte verschwörerisch. »Sie haben es dann besonders auf junge Männer abgesehen, die hinter den Chicas her sind.«

Nathan starrte wie gebannt das Puppenschwein an. Sein Körper schwellte mit einer Hitze an, als hätte er heiße Ofenluft eingeatmet. Das Pochen in Brust und Schulter wurde schmerzhafter.

»Die Luft ist unerträglich«, sagte er nur und wankte nach draußen. Sonnenhitze feuerte auf seinen Kopf. Die Luft fühlte sich wie kochende Suppe an, die in seinen Körper floss. Seine Atemwege waren frei, aber das Pochen an seiner Schulter breitete sich auf seinen Hals aus. Es fühlte sich an, als würde er einen engen Schal tragen, der langsam zugezogen wurde. Was, wenn sich doch etwas in der Wunde entzündet hatte? Irgendwas, das in seine Blutbahn gelangt war und ihn vergiftete? Manchmal dauerte so etwa ja einige Tage, bis es ausbrach. Nathans Herz ging jetzt merklich schneller. Seine Augen füllten sich mit Tränenflüssigkeit, die an seinen Wangen herablief. Er fing an, sich die verschwitzten Hände in seinem Gesicht zu reiben.

Irgendetwas geschah mit seiner Wahrnehmung. Es war, als wäre er entrückt, als wäre sein Ich ein paar Meter hinter seinen eigenen Körper gepresst worden. Wie als würde er sich selbst aus einer Art dritten Person sehen, aber ohne, dass sich sein Blickfeld dabei änderte. Er setzte einen Fuß hinter den anderen und musste sich an der Wand abstützen. Das Wandbild, an das er lehnte, zeigte einen Jungen, der von einem Wächter ausgepeitscht wurde. Übelkeit kroch herauf. Musste er sich schon wieder übergeben?

Dies verdammte Hitze, war es denn nirgendwo mal kühl? Er schloss die Augen und stützte sich ab.

Und da war es. Hinter seinen Augenlidern baute es sich auf, vor einem bizarr rauschenden Hintergrund aus Eigengrau und blitzenden Spektralfarben. Das Wesen hatte die Eigenschaften eines rasenden Wildschweins – es strahlte Kraft, rohe Wildheit und panzerartige Durchschlagskraft aus. Da war struppiges Fell, so schwarz wie das Nichts und durchzogen von bitterbrauner Erde. Aber es war kein Tier, das aus dem Wald kam. Nathan war sich in diesem Moment sicher, dass diese Erscheinung nicht von diesem Planeten, dieser Realität stammte. Es war wie ein Wesen aus einer anderen Dimension, das die Form und Eigenschaften eines irdischen Tieres angenommen hatte. Eine Erinnerung kam hervor, wie hinter einem Theatervorhang, der sich langsam zu den Seiten schiebt. Er hatte diese Erscheinung bereits oben auf dem Vulkan gehabt, als sich das Tier auf ihn gestürzt hatte. Es war so klar und hochauflösend gewesen, wie jetzt auch. Aber er hatte es vergessen oder verdrängt.

Rotblaue Augen bohrten sich durch Nathans Kopf hindurch. *Hau ab!*, sagten sie. *Hau ab, bevor ich dich verschwinden lasse!* Es war keine Stimme, die zu ihm sprach. Er konnte in diesen fürchterlichen Augen lesen und die Aussagen spüren, wie hartgewordene Borsten, die ihre Botschaft in sein Fleisch hineinkratzten. *Du hast hier nichts verloren, geh zurück in deinen kleinen Bau. Geh nach Hause, bevor du gefressen wirst.*

»¡Amigo!« Er spürte eine warme Hand an seinem Oberarm. »Amigo, was ist los mit dir?«

Er wollte, konnte seine Augen nicht öffnen. Es war, als wäre er in einem Fluss voller dickflüssiger, brauner Molasse gelandet, mit hellroten Strömungen – Blut, war es Blut? Er lag mit dem Gesicht nach oben Richtung Himmel, während Übelkeit ihn überschwemmte. Was war das für ein Leid, das ihn überkam? Verletzung, Schläge, Isolation. Wasser, kaltes Wasser regnete auf ihn.

»Oy!« Er öffnete die Augen. Raphael war über ihn gebeugt und guckte ihn sorgenvoll an. Hinter ihm starrte das Schwein ihn an. Entsetzt starrte er zurück. Hinter den Augen der Puppe schien die schreckliche Erscheinung des dämonischen Schweins durch und schrie ihn stumm an.

»Ich habe dich aus der Sonne wieder reingetragen und etwas Wasser auf dich gespritzt. Du warst fast bewusstlos, hast gestöhnt.«

»Bitte, raus«, brachte Nathan hervor. Schon wieder musste er sich beim Laufen helfen lassen. Raphael reichte ihm eine Wasserflasche.

»Was ist passiert?«

»Kann ich mich irgendwo hinsetzen, irgendwo, wo es kühler ist?« Er zeigte auf die Schweinefigur. »No bueno.«

Er wurde in ein kleines Büro in einer Hütte neben dem Gefängnis gebracht. Auf einem Holztisch lagen mit Kugelschreiber geschriebene Tabellen und vergilbte Museumsprospekte. Nathan saß in einem Schaukelstuhl in einer Ecke und wurde von einem quietschenden Ventilator angeblasen. Das muss einmal ein Wachhäuschen von dem Gefängnis gewesen sein, dachte er müde.

»Mir war auf einmal so schwindelig, als ich das Schwein gesehen habe.« Nathan umklammerte ein Glas Wasser. Raphael stand neben ihm und hörte interessiert zu. »Es sieht so ähnlich aus wie das, was mich auf dem Telica angegriffen hat.«

Raphael musterte Nathan und fixierte ihn mit seinem Auge. »Ein schwarzes Schwein hat dich attackiert?«, fragte er.

»Ja. Also, ob es schwarz war, weiß ich nicht genau, es war ja nachts. Aber es hatte lila Augen. Und es hat sich auf mich draufgestellt. Hier!« Er entblößte seine Schulter mit dem inzwischen dunkelgrünen Fleck, der sich wie ein Spinnennetz auf seinem Oberkörper ausgebreitet hatte.

Raphael betrachtete die Wunde.

»Chancha Bruja«, sagte er, diesmal ohne seinen witzelnden Unterton. »Warte.« Raphael verschwand und kam kurz darauf mit etwas in der Hand wieder. Er bekreuzigte sich langsam und gab Nathan zu verstehen, dass er es ihm nachtun sollte. Dann kreuzte er seine Zeigefinger und richtete sie an seine Brust und sagte etwas auf Spanisch, was für Nathan wie ein Gebet klang. »Die Kraft von Jesus wird dir helfen, den Dämon zu besiegen.«

Raphael gab ihm dann mit einer ausladenden Geste das, was er in seiner Hand hielt. Es war ein kleines blechernes Kreuz.

Nathan stöhnte innerlich auf. O Gott, bitte nicht so ein Jesusquatsch. Er dachte an die paar Messen, die er daheim in der Kirche durchgestanden hatte, und an den öden Religionsunterricht in der Schule. Er mochte vielleicht nicht superintelligent sein, aber Christentum und Kirche hatte er schon lange als Humbug durchschaut.

Er konnte seine Enttäuschung nicht wirklich verdecken, als er auf das kleine Kruzifix in seiner Hand schaute. »Vielen Dank, aber …«, fing er an, wurde aber gleich von Raphael unterbrochen. Er nahm Nathans Hand und schloss sie um das Kreuz. Dann führte er sie an dessen Brust.

»Halte dir das Kreuz an deine Wunde«, sagte er mit eindringlichem Blick.

Das kleine Ding hatte absolut null Auswirkung auf das Pochen, die Schmerzen oder das schwummerige Gefühl, das Nathan hatte.

»Nada«, sagte er und ließ seine Hand wieder fallen.

»Du musst es versuchen. Es ist die Kraft Gottes gegen den Satan«, sagte Raphael mit einem Ton, der keinen Zweifel ließ, dass er es ernst meinte.

Nathan seufzte und hielt sich das Kreuz etwas länger an die Brust. Nach ein paar Sekunden bedankte er sich. »Ja, es wird besser«, sagte er. Das stimmte wohl, inzwischen hatte er Wasser getrunken, etwas gesessen und sich von dem Schock erholt. Er hatte das Gefühl, jetzt wieder rational zu denken. Das hatte für Nathan natürlich nichts mit dem Kreuz zu tun, aber es schadete auch nicht, seinem Helfer zu vermitteln, dass seine Mühe nicht umsonst war.

»Behalt es«, sagte Raphael. »Das Kreuz ist ein Geschenk für dich.«

»Danke«, antwortete Nathan bemüht höflich. »Aber ich glaube nicht, dass es mir sehr hilft. Ich sollte vielleicht einfach meine Reise abbrechen. Nach Hause fahren.« Als er es ausgesprochen hatte, fühlte sich der Gedanke gar nicht mal so falsch an. Warum sollte man sich nicht geschlagen geben, wenn es nicht gut lief?

Raphael war nicht überzeugt. »Sag mir eins. Wo hast du Chancha Bruja gesehen? Auf dem Vulkan? Dort drüben?« Er zeigte auf das Museumsgebäude. »Oder da drin?« Er tippte Nathan mitten auf die Stirn. Die Schweineschnauze zeichnete sich auf seiner Netzhaut ab, rasend und aggressiv. »Du kannst gehen, wohin du willst, aber die Hexe wird dich weiter verfolgen.«

10

»Ah, es gibt doch nichts Herrlicheres, als den besten Platz in einem Restaurant zu bekommen!« Urs rückte den Stuhl für Ingrid neben sich zurecht und setzte sich an den Rand des Tisches. Nathan musste zugeben, die Aussicht von der Rooftop Bar war gar nicht mal schlecht. Sie hatten einen direkten Blick auf den Sonnenuntergang, rötliches Licht malte ein Panorama aus Palmen in der Ferne und den Dächern mit den tönernen Dachziegeln. Kitschig, aber doch ganz nice, dachte Nathan. Er setzte sich neben Ingrid, sodass sie in der Mitte saß und die drei den Ausblick gemeinsam genießen konnten.

»Die Chicharrones sind ziemlich geil, kann ich nur empfehlen!«, sagte Urs, während er auf die große, in Plastik eingeschweißte Karte schaute. Nathan blickte nur einmal drüber. Hunger hatte er nicht wirklich. Große Lust, hier zu sein, eigentlich auch nicht. Er fühlte sich immer noch ein bisschen übel und hatte Schmerzen, wollte aber das Dreierdate nicht verpassen.

»Chicharrones klingen fantastisch«, stimmte Ingrid ein. »Ich nehme noch Gallo Pinto dazu, und ein paar Hot Wings.«

»Hot Wings sind absolut die richtige Wahl. Für dich auch, oder?«, fragte Urs Nathan.

»Ich nehme nur ein Bier, danke.« Unangenehm, wenn Leute einem vorschreiben wollen, was sie zu bestellen haben.

»Wie lange bleibst du jetzt noch in Nicaragua?«, fragte Urs Ingrid.

»Noch bis Montag. Dann geht es leider wieder ins kalte Kanada zurück.«

Der Gedanke an die Heimat kam Nathan schon wieder. So schlecht wäre es jetzt wirklich nicht, in sein altes Bett in sein Elternhaus zu gehen, ein bisschen Fernsehen zu schauen und sich eine Pizza zu bestellen. Aber eine Rückkehr nach einer Woche in Lateinamerika würde eine totale Kapitulation bedeuten. Nein. Egal, wie fiebrig er sich fühlte, er zog das jetzt durch, hatte er beschlossen.

»Ich glaube, ich werde auch in ein paar Tagen weiterziehen. Nach Süden. Costa Rica, Panama und dann nach Südamerika!« Er fühlte sich gleich besser, als er das aussprach.

»Da kann man echt neidisch sein, Nathan«, sagte Urs. »Wenn es nach mir ginge, würde ich noch den Rest des Jahres in diesem großartigen Land bleiben, aber irgendwann muss ich auch wieder in die Heimat. Immerhin mache ich noch einen kurzen Abstecher nach Chinandega vorher.«

»Chinandega? Das ist weiter östlich, oder?«, fragte Ingrid.

»Ja, ein knappes Stündchen mit dem Chicken Bus«, lachte er.

»Was gibt es denn da?«, hakte Ingrid nach.

»Ach, ich bin dort auf meiner ersten Nicaragua-Tour vor sechs Jahren eher zufällig gelandet. Wir sind damals von einer so netten Gastfamilie aufgenommen worden, und ich bin viel länger geblieben als geplant. Ich habe die Leute da so sehr ins Herz geschlossen, und ich glaube, sie mich auch. Der Mann arbeitet in einer Zigarrenfabrik, das Geld reicht kaum, und ein Kind hat Mukoviszidose. Irgendwie habe ich ein schlechtes Gewissen, wenn ich hier bin und die Menschen dort nicht besuche. Ich habe noch ein paar Kleidungsstücke im Gepäck, die ich dort verteilen will. Und ein paar Tafeln Schweizer Schokolade natürlich.«

»Das ist so ein gütiger Akt von dir!«, sagte Ingrid in einem weichen Ton, den Nathan noch nie von ihr gehört hatte. Ich habe noch nicht mal mein Bier bekommen, dachte er, und dieser Typ hat Ingrid schon um den Finger gewickelt. Der Kellner kam und stellte Urs und Ingrid Teller mit dicken Stücken frittierten Bauchspecks, rotglänzenden Wings und dampfendem Bohnenreis hin.

»Oh, wow! Ich liebe Chicharrones!«, staunte Ingrid. Nathan bekam seine Bierflasche.

»Das ist auch so etwas, worauf ich mich das ganze Jahr freue. Sonnenuntergang auf der Bar Mirador und dabei ohne Reue futtern«, sagte Urs und griff sich ein Stück Schweineschwarte.

»Möchtest du auch etwas probieren, Nathan? Greif zu!«

»Danke, ich bin nicht hungrig.« Das war untertrieben. Alles in ihm sträubte sich, diese Fettbrocken anzufassen. Eigentlich war der Geruch von Speck immer verlockend für ihn gewesen, aber jetzt empfand er nur Ekel.

»Dazu kommt«, fuhr Urs fort, »dass Chinandega einfach so ein verträumtes Örtchen ist, wenn man die richtigen Stellen kennt, so ganz unberührt vom Tourismus, richtig authentisch.«

»Die Mädels dort sind sicherlich auch verträumt und authentisch, oder?« Nathan ließ ein Grinsen aufblitzen.

Urs kaute unbeeindruckt sein Stück Chicharrón und fragte: »Kommt drauf an, wie meinst du das?«

»Na ja, du hast doch bestimmt ein paar nette Damen dort kennengelernt, oder? Wenn da nicht so viele Touris hinkommen, müssen die sich doch auf einen Gringo wie dich stürzen, oder?«

»Was soll das denn heißen?« Ingrid blickte irritiert und rümpfte die Nase.

Urs lächelte und kratzte sich seinen lockigen Kopf. »Nicht wirklich. Gerade in so konservativen Kleinstädten bist du dafür nicht unbedingt richtig, wenn es das ist, was du suchst.«

»Oh. Ach so.«

»Wenn du auf der Suche bist, Nathan, kann ich dir gerne noch ein paar Bars nennen, wo du bestimmt erfolgreich sein kannst, wenn du ein bisschen nett rüberkommst.«

»Äh, nein, das war jetzt gar nicht auf mich bezogen, ich meinte nur, ähm, die Frauen da sind bestimmt auch nett.«

»Ja, Nathan. Die Frauen da sind alle sehr freundlich, genau wie die Männer.«

Nathan trank seine Flasche leer und stand auf. »Ich gehe aufs Klo und hole ein neues Getränk.«

Jetzt redeten sie bestimmt über ihn, dachte er, während er die Treppe zur Toilette runterging. Diese gewitzten Aufreißertypen. Wenn man unter sich ist, labern sie einen mit ihren Eroberungen voll, und wenn eine Frau dabei ist, tun sie so, als wären sie Goldherzchen themselves. Sein Magen grummelte. Warum wollte er denn nichts essen?

Er kehrte mit einer neuen Flasche Victoria-Bier zurück an den Tisch.

»Ich habe Urs gerade erzählt«, sagte Ingrid, noch bevor er sich hingesetzt hatte, »dass du dich noch am Erholen bist, von …«, sie suchte nach dem richtigen Wort, »dieser Situation, die du da gehabt hast, auf dem Vulkan. Dass du noch ein paar Nachwirkungen hast. Ist es denn jetzt besser?«

»Ach, alles halb so wild«, winkte Nathan ab. »Das war wahrscheinlich so ein Hitzschlag. Ich hätte wahrscheinlich nur mehr Wasser trinken sollen.«

»Ingrid meinte, du hättest einen Schock bekommen, von irgendeinem Tier, stimmt das?«

»Ach.« Nathan wollte das Thema so überhaupt nicht anschneiden, und sich gerade viel lieber davon ablenken. Aber er schaute in zwei ehrlich besorgte Gesichter. Und mit wem sollte er sonst darüber reden? »Ja. Das war irgendwie ein merkwürdiger Zufall. Ich hatte ja oben auf dem Telica diese Begegnung mit diesem Wildschwein gehabt.«

Er erzählte Urs die Geschichte, wie er oben auf dem Vulkan auf dem Boden geschlafen hatte, und von dem Biest, das in der Nacht gekommen war. Wie es ihm immer näher gekommen und sogar auf ihn draufgestiegen war. Nathan zog seinen T-Shirt-Kragen runter und zeigte Nathan und Ingrid das Hämatom auf seiner Brust, das inzwischen fast schwarz geworden war.

»Ganz schön krass. Aber das kommt wohl vor, wahrscheinlich warst du in das Territorium von einer Wildsau mit überbordendem Beschützerinstinkt eingedrungen, und sie wollte einfach nur mal klarstellen, wer hier zu Hause ist. Der blaue Fleck sieht schon eindrucksvoll aus, aber der verschwindet bestimmt schnell wieder.«

»Das ist aber nicht alles. Während es auf mich zukam, habe ich eher ...« Er fürchtete sich selber ein bisschen vor dem, was er da aussprach. »Ich habe eher halluziniert.«

»Halluziniert?«, fragte Urs interessiert nach. »Wie hat sich das geäußert?«

»Ich weiß nicht recht, also ich muss sagen, ich habe schon Dinge gesehen, besonders, wenn ich die Augen zugemacht habe. Weißt du, wie wenn du die Augen zukneifst und draufdrückst, dann erscheinen da ja solche Muster. Etwa so war es, nur waren die Muster extrem deutlich, also richtige Bilder und so. Ich habe mich gefühlt wie in einer ganz anderen Welt.«

»Was war denn da im Supermarkt?«, fragte Ingrid. »Hast du es da nicht noch mal gesehen?« Nathan fühlte sich, als würde ein Tier mit Klauen seinen Magen packen und einmal auswringen.

»Da vor dem Supermarkt dachte ich, das Schwein würde mich verfolgen. Ich war sogar noch mal im Museum, weil ich da so ein Ausstellungsstück gesehen habe.«

»Du hast bestimmt einen Infekt. Irgendeinen Virus oder so. Frances und Eli haben sich ja auch was eingefangen. Nimm mal ein paar Antibiotika«, sagte Ingrid.

»Ja, das ist sicher nicht verkehrt«, stimmte Urs zu, der Nathan nachdenklich zugehört hatte.

»Vielleicht sollte ich doch mal zum Arzt. Wofür habe ich denn eine Reiseversicherung abgeschlossen?«, meinte Nathan.

»Wenn es in der Stadt eine internationale Klinik gäbe«, antwortete Urs, »würde ich dir da zustimmen. Aber das städtische Krankenhaus würde ich dir nicht empfehlen, außer du bist kurz davor zu verbluten. Der einzige Arzt, den ich kenne, der hier Englisch spricht, ist gerade im Urlaub in Costa Rica.« Nathan schluckte. »Für Antibiotika brauchst du eh keinen Arzt. Die bekommst du in der Apotheke auch ohne Rezept.« Urs nahm sich noch einen Chicharrón mit den Fingerspitzen und nagte auf ihm rum.

»Aber diese Bilder in deinem Kopf, mit dem Schwein, kannst du die noch mal genau beschreiben?« Nathan schaute Urs an, seine Lippen vom Essen fettverschmiert, und da war es wieder, diese Entrückung, dieses Gefühl, als wäre er plötzlich aus seinem Körper herausgetreten, und alles spielte sich nun in der dritten Person ab. Er kniff die Augen zusammen und rieb sie mit beiden Fingerknöcheln.

»Ich sehe einfach krasse Spiralen, wie aus Regenbogenlicht. Und je länger ich sie ansehe, desto mehr brennen sie sich in meine Netzhaut und nehmen Gestalt an.«

Ein Kreis entstand, darin zwei kleine Punkte. Am Rand wurde es heller, violette Lichter links und rechts. Eine Schweineschnauze mit zwei glühenden Augen. Das Grunzen, das Scharren hallte in seinen Ohren. Ingrid, die im Sternenlicht in der Hängematte lag. Ein schmutziger Huf, der sich in seine Brust bohrte. Er machte die Augen wieder auf. Wenn er nicht schon sitzen würde, hätte er das Gleichgewicht verloren. Sein Hämatom pulsierte. Übelkeit breitete sich aus.

»Es kommt gerade wieder. Nicht so stark, aber es kommt wieder. Die Bilder und wirre, böse Gedanken.« Er vermied es, Ingrid anzuschauen. Sie tippte aber sowieso etwas in ihr Telefon.

»Nimm mal einen Schluck Wasser«, sagte Urs und schob ihm ein Glas rüber.

Nathan trank. »Es geht schon wieder. Keine Ahnung, was das ist. Der Führer im Museum hat schon von bösen Zaubern gesprochen.«

»Wirklich? Die Menschen haben hier einen anderen Zugang zu so etwas.«

Nathan winkte ab. »Ich glaube, der Kerl hat ein bisschen zu viele Märchen gelesen. Er wollte mir im Grunde nur religiösen Tinnef verkaufen.«

»Vielleicht hast du recht. Weißt du, wie das für mich klingt? Als hättest du eine Droge genommen.«

»Hab ich aber nicht«, beteuerte Nathan. »Also zumindest nicht, seit ich in Nicaragua bin.«

»Deine Beschreibung könnte fast schon ein psychedelischer Trip sein. Mit sowas wie Ayahuasca kann man ganz ähnliche Visionen bekommen.«

»Ayahuasca? Ist das nicht das, was die im Dschungel nehmen? Dieses Getränk, was die Schamanen zusammenbrauen? Davon habe ich gehört.«

Urs nickte. »Ich habe das mal in Peru gemacht. Extra in so einem Retreat, mit Aufsicht und so. Da habe ich auch Tiere gesehen, die auf mich zugekommen sind. Nicht ganz so bösartig natürlich.«

»Krass. Das wollte ich auch mal ausprobieren. Muss man da nicht voll von Kotzen oder so?«

»Kommt vor. Man muss das aber mit den richtigen Leuten machen. Ich habe mich dafür wochenlang vorbereiten müssen. Das ist schon eine reinigende Erfahrung – nicht so wie eine Pille, die man sich im Club einwirft.«

»Gibt es so was auch in Nicaragua oder muss ich dafür warten, bis ich in Südamerika bin?«

»Der traditionelle Ursprung ist im Amazonas, aber es gibt bestimmt auch Leute, die das woanders praktizieren.«

»Einmal in den Regenwald zu fahren, wäre schon krass. Das wollte ich auf dieser Reise auf jeden Fall noch machen.«

»Weißt du, wer von solchen Dingen Ahnung hat? Violeta. Hast du mal mit ihr gesprochen?«

»Nicht wirklich, nein.«

»Erzähl ihr doch mal davon, sie hat bestimmt noch etwas in ihrem Medizinschränkchen. Vielleicht kann sie dir sogar etwas über deine mysteriösen Visionen sagen.« Urs sagte das mit einem Augenzwinkern, aber Nathan war nicht so sehr nach Lachen zumute.

»Ja, aber sie kann ja leider kein Englisch. Vielleicht kann ja jemand übersetzen?« Ingrid schaute von ihrem Telefon hoch.

»Ja klar, mache ich supergerne! Leute, können wir zahlen? Ich will mit den anderen noch die Abschiedsparty morgen planen, vielleicht finden wir noch eine Piñata irgendwo.«

»Dann solltet ihr euch aber beeilen«, meinte Urs. »Die Läden machen langsam zu.«

»Party?«, fragte Nathan.

Urs öffnete seine Bauchtasche und holte seine Geldbörse raus. »Ich übernehme das schon, auch dein Bier, Nathan.«

»Du bist der Beste, Urs. Tschüss, Nathan«, sagte Ingrid und war verschwunden. Nathan überlegte kurz, sich ihr anzuschließen, aber sein Magen sagte ihm, dass er vielleicht besser auf sein Zimmer zurückgehen sollte.

»Kommst du mit zum Homestay zurück?«, fragte er Urs.

»Sorry, ich bin verabredet«, er schaute auf sein Telefon, »und es ist auch schon kurz vor knapp für mich. Gute Besserung und grüß Violeta von mir, ja?« Er klopfte ihm im Gehen auf die Schulter.

Nathan blieb alleine an dem Tisch sitzen. Die Sonne war fort.

11

Es roch komisch im Homestay. Würzig, ungewohnt, aber gar nicht so schlecht, dachte Nathan. Der Eingangsbereich war dunkel. Wahrscheinlich niemand zu Hause. Gut so, er wollte nichts lieber als ins Bett. Wenn er sich heute Abend ausruhen würde, könnte er vielleicht morgen auf Ingrids Abschiedsparty steil gehen.

Er schlich den Flur entlang. Nett, dachte er. Bald war er so oft hier gewesen, dass er nicht mal mehr Licht anmachen brauchte, fast schon wie zu Hause. Er ging um die Ecke, die zur offenen Küche führte. Da brannte doch noch ein kleines Licht.

»Nathan«, hörte er Violeta in einem Ton sagen, der ihn zusammenfahren ließ. Sie stand am Herd und rührte in einem dampfenden Topf.

»Oh. Buenas noches«, sagte Nathan nervös. Violeta drehte sich um. Sie trug schwarz, und irgendetwas in ihrem Gesicht war dunkler als sonst. So, wie sie ihn ansah, wurde ihm ganz ungut. Hatte er etwas falsch gemacht? Den Wasserhahn aufgelassen oder so? Am Gatter saß Pacco auf einer Strebe und fiepte sein »*Ca-CAW, Ca-CAW*«. Er flatterte mit den Flügeln, wie um Nathan zu begrüßen.

»Setz dich bitte«, sagte Violeta auf Englisch. Nathan nahm auf einem Stuhl am Esstisch Platz. »Du wirkst etwas blass. Geht es dir gut?«, fragte sie ihn.

»Gut«, antwortete er, ebenfalls auf Englisch. »Also ich habe noch ein wenig Schmerzen in der Brust und diese …« Er fand nicht das richtige Wort und ließ stattdessen seinen Zeigefinger neben seinem Kopf kreiseln. »Na ja, mir wird ab und an schwindelig.«

»Dir ist übel?«, fragte Violeta. Nathan hörte kein Mitgefühl raus.

»Ja, ab und zu. Vielleicht sollte ich mal zum Arzt und mir Antibiotika verschreiben lassen?«

»Das brauchst du nicht. Du siehst Dinge?«

»Entschuldigung?«

»Hast du Halluzinationen? Visionen?«

»Hat Ingrid dir das erzählt?«

»Nein«, sagte Violeta mit einem kühlen Lächeln. »Wir sprechen nicht über dich.«

»Woher weißt du dann davon?«

»Chancha Bruja.« Violeta sprach es langsam und langgezogen aus. »Weißt du, was das bedeutet?«

Nathans Magen zog sich zusammen, ein Stechen durchfuhr ihn. »Das ist die Schweinehexe, oder? Ich habe die Figur im Museum gesehen.«

»Nur die Figur?«

Nathan bemerkte nun auch noch, wie ihm ein Kloß in den Hals stieg. Beinahe, als würde er weinen wollen. »Manchmal kommt die Erinnerung an sie. Also richtig stark, sodass ich sie vor Augen sehe. Selbst wenn ich das nicht will. Es ist, als ob sie …« Er wusste nicht, wie er es ausdrücken sollte. »… als ob sie selbstständig in meinem Kopf lebt.«

»Ist sie oft da?«, fragte Violeta, ohne ihren Blick von Nathan abzuwenden.

»Sie kommt immer, wenn mir schlecht wird, oder wenn mir zu heiß wird, oder …«

»Oder wenn du darüber sprechen musst?«

»Ja. Das trifft es ganz gut.«

»Was hast du über die Geschichte von Chancha Bruja gelernt?«

Nathan hatte die Ellenbogen auf dem Esstisch und wischte sich die Schweißperlen vom Kopf. »Es, es ist eines von diesen Märchen.«

»Ein Märchen?«

»Ich meine, eine Legende. Der Guide, Raphael, hat sie mir erzählt. Es geht um eine Hexe, die, die enttäuscht worden ist, oder betrogen wurde oder so. Ein Pakt mit dem Teufel. Und dann …« Nathans Kieferknochen begannen zu schmerzen, als hätte er stundenlang zähes Fleisch gekaut. »… dann kommt dieses Wildschwein, es verfolgt junge Männer, die Frauen auflauern. Und es frisst sie dann, oder so.«

»Es verschlingt sie«, sagte Violeta. »Und zieht sie in die Hölle.«

»Aber das hat doch mit mir nichts zu tun. Ich habe doch nichts getan. Ich habe niemandem aufgelauert oder jemanden bedrängt. Und ich würde niemals etwas tun, was eine Frau nicht will.«

Violeta trat an Nathan heran. Sie beugte sich zu ihm hinunter, sodass er die Unregelmäßigkeiten ihres schwarzen Lippenstiftes sehen und ihr schweres Parfüm riechen konnte. Süßer Blumenduft vermischte sich mit einem beinahe verbrannten, beißenden Aroma von Wildkräutern.

Sie schaute ihm in die Augen. Er hatte es bis dahin vermieden, sie direkt anzublicken, zu einschüchternd fand er sie. Sie hatte große, hellbraune, fast schon ins Rötliche gehende Augen. Sie fixierte ihn für einige Sekunden und musterte sein gerötetes, verschwitztes Gesicht. »Wirklich nicht?«

Nathan schüttelte den Kopf reflexartig. Dann zögerte er. »Na ja, ich war zu Ingrid gegangen. Als wir oben auf dem Vulkan gecampt haben. Aber ich habe überhaupt nichts gemacht. Ich wollte nur …«

»Du wolltest was?«

»Nur mit ihr reden. Ich …«

»Du wurdest gestört«, unterbrach ihn Violeta.

Nathan dachte nach. »Da waren noch andere.«

»Das war dein Glück. Sonst hättest du weitergemacht und wärst nicht mehr von dem Vulkan hinuntergekommen. Wenn sich die Gelegenheit ergibt und du davonkommen könntest, würdest du ein Mädchen reißen. Du willst dir nehmen, was du willst, und sie dann wie einen abgenagten Knochen wegschmeißen. Und wenn sie dir nicht gibt, was du willst, nimmst du es dir.«

»N-nein! Was? Niemals! Was ist das? Irgendeine Anschuldigung? Wie kannst du dir so etwas herausnehmen?« Wut loderte in ihm hoch.

»Keine Anschuldigung. Ein Fluch.«

»Das ist doch Bullshit«, rief Nathan. Aber etwas in ihm wusste, dass es stimmte.

Sie griff nach ihrem Telefon, das auf der Küchenplatte lag, und tippte etwas hinein. Dann hielt sie es ihm hin. Das Display zeigte ein Foto von einem schwarzen Schwein. »Was siehst du?«

»Ein Schwein«, antwortete Nathan. Irgendwas drehte sich in seinem Magen. Was zur Hölle?

»Was macht das mit dir?«, fragte sie.

»Ich will das nicht sehen. Mir wird übel davon.« Er rieb sich die Augen. Spiralen, Lichterscheinungen überkamen ihn. »Ich fühle mich nicht gut. Was ist das?«

»Du siehst ein Schwein im Museum, du kollabierst. Du siehst ein Schwein auf der Straße, du kotzt. Du siehst ein Bild von einem Schwein irgendwo, und es greift an. Das ist der Fluch. Chancha Bruja. Egal, wohin du gehst, was du machst, sie hat sich auf dich draufgesetzt. Sie hat dein Energiefeld besetzt. Sie kann auftauchen, hinter deinen verschlossenen Augen, als Halluzination in der echten Welt, in deinen Träumen und oh ja, besonders in deinen Albträumen.«

»Das kann kein Fluch sein, Violeta.« Er versuchte es noch mal mit Vernunft. »Das ist eine Krankheit, eine Infektion oder ein Trauma. Aber Flüche gibt es nicht.« Ihm war so übel. Scheiße, auf irgendeine kranke Weise machte das alles Sinn.

»Schließe deine Augen«, sagte Violeta. Er tat es und rieb sich die geschlossenen Lider mit Daumen und Zeigefinger. Da war es. Als würde er in eine andere Dimension hineinschauen, wenn er die Augen schloss. Hunderte, Tausende Spiralen drehten sich, drehten ihn, und inmitten davon das rasende Wildschwein. Es kam auf ihn zu. Immer und immer wieder, rannte, trampelte mit Kopf und Hauern voraus. Wie ein immer wiederkehrender Loop aus einem interdimensionalen Dokumentarfilm.

»Apariciones oscuras. Die Visionen kommen jetzt nur mit geschlossenen Augen zu dir. Das muss nicht so bleiben.«

So langsam machte sich in Nathan Panik breit. Was, wenn sie recht hatte? Wenn das wirklich niemals aufhören würde? Wenn das für immer so bleiben würde? Er könnte überhaupt nichts mehr machen. Er würde froh sein, wenn er den Weg in ein

Flugzeug nach Hause schaffen würde. Und dann? »Hallo, ich bin zurück, wurde leider in Nicaragua verflucht. Ich hätte das auch nicht geglaubt, ist aber eine echte Sache, die einem da passieren kann.« Ärzte, Psychiater und am Ende die Klapse. Diagnose Psychose, Schizophrenie. Tut uns leid, bei dem können wir nichts mehr machen.

Zu dem Schweiß kamen jetzt auch Tränen. Violeta hob ihren Zeigefinger mit langem, schwarzem Nagel. »Aber«, sagte sie. »Ich kann dir helfen, den Fluch zu brechen.«

Sie ging zum Herd, wo der Topf über einer kleinen Gasflamme vor sich hin simmerte. »La Medicina«, sagte sie.

»Eine Suppe?«, fragte Nathan.

»Ich rieche Bier an dir«, sagte sie. »Daran bist du ja gewöhnt. Hast du mehr getrunken? Rum?«

»Nein, nur ein Bier zum Abendessen.«

»Welche Drogen hast du in den letzten Tagen genommen?«

Nathan hörte keinen Vorwurf in ihrer Frage. Es kam ihm eher so vor, als würde sie davon ausgehen, dass er etwas eingeworfen hätte.

»Gar keine!«, kam seine Antwort schnell.

»Sicher? Hat Eduardo dir Pfeifchen gegeben?«

»Wer?«, fragte er.

»Oje, du hast ihn nicht mal kennengelernt. Sei froh. Sonst würde das alles noch länger dauern.«

»Was würde noch länger dauern?«

»La Medicina!«, sagte sie, diesmal etwas lauter. »Du musst sie trinken, um den Fluch zu heilen.«

»Okay.« Nathan war erschöpft. »Ich probiere mal einen Schluck.« Er versuchte aufzustehen.

»Bleib sitzen!«, fauchte sie ihn jetzt an. »Du probierst La Medicina nicht. Du nimmst sie, und sie arbeitet mit dir. Eine Nacht und einen Tag. Mindestens. Bis du geheilt bist.«

Sie ging zu dem Kühlschrank und öffnete ihn. Dieser faulige Kühlschrank. Inzwischen hatte auch Nathan die ein oder andere Frucht und angebrochene Reismahlzeiten dort gelagert und bei Temperaturen, die nur wenig niedriger als die Raumluft waren, vergessen und nicht mehr rausgeholt. Violeta griff hinein und nahm einige in Papier und Plastik eingewickelte Ingredienzen heraus. Sie legte sie vor Nathan auf den Esstisch. Dann verschwand sie in die Wohnung, kam zurück mit einer durchlöcherten Plastikbox und stellte sie auf den Tisch. Pacco ließ ein schrilles Krächzen ertönen und versuchte zu flattern, kam aber nicht von seinem Platz im Türgitter weg.

Etwas bewegte sich in der Box.

Violeta hielt ein braunes Bündel. Trockene Blätter raschelten Nathan entgegen. Er konnte daheim nicht einmal eine Eiche von einer Buche unterscheiden. Die Blätter sahen ganz normal für ihn aus.

Glatt, oval, ohne besondere Merkmale. Er roch auch nichts Besonderes.

»Chacruna«, sagte Violeta. »Eine magische Pflanze aus dem Wald. Sie ist gebunden an Elfen und Dämonen.« Sie legte die Blätter behutsam auf den Tisch und wickelte etwas anderes aus. Es war ein hellbraunes Stück Holz, das in sich verdreht aussah, wie eine knorrige Wurzel. »Ayahuasca«, sagte Violeta. In ihre Stimme war etwas Weiches, fast Liebevolles gekehrt, als sie das Wort aussprach.

Es war, als würde er von einer erneuten Welle von Hitze ergriffen worden. »Du hast davon gehört.« Es war keine Frage. »Weißt du, wie diese Pflanze noch genannt wird?«

Er schüttelte benommen den Kopf.

»Es ist die Liane des Todes. Sie umschlingt dich und nimmt dich mit ihr.« Nathan atmete schwer aus. »Diese Wellnessleute mit ihren Yoga-Retreats erzählen dir etwas von spiritueller Erleuchtung durch Ayahuasca. Von Traumwelten. Aber das ist nicht die ganze Wahrheit. Diese Liane nimmt dich mit in den Tod. Sie zieht dich hinunter und bringt dich um. Während du bei klarem Bewusstsein bist. Der einzige Unterschied zum Nachtschatten ist, dass du hiermit die Chance hast, wiederzukehren. Zurückzukommen. Wenn du rein genug bist.«

Nathan konnte kaum noch schlucken. »Ich dachte, das gibt es nur im Regenwald.«

»Wir sind schon lange nicht mehr auf den Amazonas beschränkt«, antwortete Violeta. »Und Ayahuasca ist nur ein Teil von La Medicina.« Sie legte die Ranke vor ihm auf den Tisch. Als Nächstes nahm sie eine kleine Dose, die einmal Ananasstücke enthalten hatte. Sie zeigte Nathan kurz den Inhalt. Er konnte einige dunkle Krümel ausmachen, und ein paar weiße Stücke, die wie getrocknete Blütenblätter aussahen.

»La Familia. Toé. Kräuter aus der Familientradition. Unser Geheimnis.« Dann nahm sie die Box mit dem lebendigen Inhalt und hieß Nathan, sich über sie zu beugen.

»Das Wichtigste.« Sie öffnete den Deckel. Pacco ließ ein lautes Krähen ertönen, das Nathan im Kopf schmerzte. In der Box, eingebettet in Erde und Moos und Holzstücke, saß ein kleiner lilafarbener Frosch. Seine neongrelle Farbe erweckte in Nathan erst den Eindruck, es wäre ein Plastikspielzeug, aber dann sah er, wie der kleine Hüpfer sein Maul bewegte.

»Wow!«, entfuhr es ihm. »So einen habe ich noch nie gesehen.«

»Es ist eine besondere Spezies«, sagte Violeta. »Man sieht sie ganz selten auf den Vulkanen, an Wasserstellen. Du hättest sie hören können, als du oben warst, wenn du nicht den ganzen Weg auf Mädchenwaden gestarrt hättest.«

»Ich habe nicht …«, begann Nathan sich zu rechtfertigen, beendete den Satz aber nicht mehr. Der Frosch war absolut bezaubernd, etwas war mit seinen Augen, es war, als würden sie ihn direkt anschauen.

Violeta nahm ein Messer und bewegte es auf den Frosch zu.

»Nicht!«, rief Nathan. Violeta ignorierte ihn und strich behutsam, ohne dem Frosch wehzutun, mit der stumpfen Klingenseite über dessen Rücken. Ein klein wenig Schleim blieb dran haften. Sie rührte das Messer kurz in den Topf mit dem Sud. Dann legte sie das Messer beiseite, nahm die Box, schaute hinein und warf dem Amphib einen kurzen Kuss durch die Luft entgegen. Pacco fiepte.

»Das sind die Zutaten für La Medicina«, sagte Violeta und stellte ihm den Topf und einen leeren Plastikbecher daneben hin. Es war eine braune Brühe, Nathan sah die einzelnen Pflanzenteile herausgucken. »Du musst den ganzen Topf trinken und das Ritual befolgen. Heute Nacht noch.«

»Wie soll ich das denn schaffen? Ich fühle mich krank und schwindelig, und jetzt soll ich noch diese Dschungeldrogen trinken?«

»¡Si!«, antwortete Violeta. Sie hatte einen kleinen Becher, den sie in den Sud tunkte und Nathan hinstellte. »Trink.«

»Kann ich noch eine Nacht drüber schlafen?«

»Nein. Trink.«

Nathan fiel etwas ein. Er griff in seine Hosentasche und nahm das kleine Kruzifix heraus. Er hielt es Violeta vors Gesicht, als wäre sie ein Vampir.

»Du bist gläubig?«, fragte sei unbeeindruckt.

»Eigentlich nicht. Raphael hat mir gesagt, ich soll es benutzen.«

»Dann mach das doch.«

»Hilft das denn?«

»Nein. Hast du ihm wenigstens ein bisschen Trinkgeld dafür gegeben?«

»Äh, nein. Ich wusste nicht ...«

Violeta deutete mit einem Nicken auf den Topf.

Nathans Blick wanderte nach draußen auf den offenen Gang. Eine Topfpalme wedelte mit ihren Blättern. Nathan konnte die Luft sehen, wie sie verwirbelte und Kreisel bildete, die sich drehten und drehten, als würde er jedes Luftmolekül einzeln wahrnehmen. Er dachte an das Wildschwein. Wie seine Nüstern schnaubten und faulige Luft aufwirbeln. Es ging nicht mehr weg. Chancha Bruja hat sich in sein Gehirn eingenistet wie in einen Kessel, dessen Druck steigt und steigt. Es wird nicht besser. Es wird ohne Hilfe einfach nicht besser. Violeta war jetzt seine einzige Chance.

»Okay«, gab er nach. Er nahm den Becher, schöpfte damit etwas aus dem Topf und trank. »Pest und Teufel«, entfuhr es ihm. Was für ein wi-

derwärtiger Geschmack. Es war wie ein Kräuterli-
kör, der faulig geworden war.

»Weiter.« Violeta nahm den Becher und tunkte
ihn wieder in den Topf. Als Nathan zum zweiten
Mal trank, merkte er, wie sich seine Innereien zu-
sammenzogen. Als wären in seinem Bauch Schlangen lebendig geworden, die sich panikartig umein-
anderwanden. Er hielt sich den Bauch.

»Du musst es drin behalten. Wenn du spuckst,
wirkt es nicht.«

Fuck. Nathan würgte das speiüble Gebräu hoch,
bekam es noch mal auf die Zunge und schluckte es
wieder runter.

»Jetzt das Ritual.« Violetas Stimme bekam einen
eigenartigen Klang, als würde sie gar nicht sprechen. Als würde ihre Stimme direkt aus seinem
Kopf kommen.

»Was muss ich tun?«, fragte Nathan.

»Pacco«, hallte es durch seinen Schädel.

»Der Vogel? Was ist damit?«

Mit einem bösen Grinsen fuhr sich Violeta mit
dem Daumen wie mit einer Klinge über die Kehle.

»O Gott!«, entfuhr es Nathan.

»Jetzt glaubst du doch an Gott?«

»Ich soll diesen Vogel ernsthaft … Aber wie?«,
fragte er.

»Das ist deine Entscheidung.« Nathan schaute
zu dem kleinen grün-blauen Vogel mit dem neugie-

rigen Blick. Er piepte freundlich und putzte sich den Flügel.

Nathan stand auf. Langsam, alles drehte sich. Aber er konnte stehen und gehen. Das Piepen klang in seinem Kopf. Er hörte nicht nur Pacco, sondern auch andere Vögel. Sie sangen ein Lied, nein, eine Symphonie. Alle zusammen. Sie müssten sich auf dem Dach über ihnen versammelt haben. Er ging auf Pacco zu. Streckte die Hände aus. Der Vogel flatterte kurz, ließ sich aber friedlich von ihm aufnehmen.

»Ich muss?«

»Sonst wird der Fluch nicht gebrochen.«

Wie sollte er es tun? Er schaute auf die Küchentheke. Da lag eine Schere. Er stellte sich vor, wie er den Vogel nahm und über der Spüle aufschnitt wie eine Tüte Oliven. Die Schlangen in seinem Bauch fingen an, ihn zu beißen. Er verkrampfte sich. Zog seine Hände mit dem Vogel dazwischen zusammen. Es schmerzte. Pacco pickte seinen Finger. Nathan beugte sich nach vorne und drückte fest zu. Krümmte sich. Fiel auf die Knie. Lag auf dem Küchenboden wie ein Wurm. Schreckliches Zucken in seiner Hand. Eine Minute? Länger? Dann kein Zucken mehr. Seine Hände waren über seiner Brust gefaltet. Er öffnete sie. Ein kleiner, toter, verkrümmter Körper fiel heraus. Tränen flossen aus seinen Augen.

Violeta ließ ihn dort liegen. Wie lange, vermochte er nicht zu sagen. Dann berührte sie seine Schulter. »Steh auf«, sagte sie mit der sanftesten Stimme, die er bisher von ihr gehört hatte. Er schaffte es, auf die Beine zu kommen. Sie hatte den Becher in der Hand.

»Trink.«

»Nein!«, schrie Nathan in die Nacht. Er riss sich los von Violeta und hängte sich an das Türgitter, an dem Pacco noch vor ein paar Sekunden gepiept hatte. Die Vögel waren verstummt.

Violeta war hinter ihm. »Es muss sein. Noch ein Glas. Dann darfst du auf dein Zimmer.«

Nathan dachte zum ersten Mal seit Langem an seine Mutter. War sie hier? Er schaute nach oben, in die Sterne. Sie war es. Dann nahm er Violeta den Becher aus der Hand, trank ihn in einem Zug aus und ließ ihn auf den Terrakottaboden fallen. Er machte noch ein Geräusch des Ekels, bevor er zu seiner Tür torkelte, sie aufstieß und ins Bett fiel.

Das Wildschwein kam über ihn. Seine Essenz übernahm ihn. Borsten und Lefzen, Schmutz und Schleim. Rohes Grunzen, unerbittliches Stoßen, beschützende Liebe. Es schrie. Er schrie. Sie schrie. Er war weit weg. Er war im Gästebett, aber er war auch weit weg. Er war nicht allein mit Chancha Bruja. Sie alle waren da. Wie in einer Arena. Ingrid,

Urs, Patricia, die anderen. Freunde und Freundinnen, Familie und Bekannte sahen ihn weinen. Seine Mutter in Sorge. Sie war nicht mehr auf Erden, aber sie war jetzt da. Und schaute zu. Er wusste, alle sehen ihn jetzt. Träumen von ihm, denken an ihn. Besorgnis von den einen, Unverständnis von anderen, auch Schadenfreude von einigen. Violeta hatte den besten Platz, auf ihrem Schemel in der Küche. Das Schwein wetzte seine Hufe an den spitzen Vulkansteinen. Stierte ihn an. Nathan flog alles davon. Sein Mut, seine Muskeln, seine Schnelligkeit. Er sah zu, wie Chancha Bruja auf ihn zuraste. Er selber war weg. Nur noch die Schweinehexe war da. Sie war er. Er war das Schwein. Er versuchte sich zu krümmen, seine Hände zu krampfen und zu hoffen. So hatte er den Vogel besiegt. Besiegt? Unschuldiges Leben hatte er ausgelöscht. Aber das Schwein war noch da. Seine Hauer waren Millionen Jahre altes Lavagestein. Seine Augen waren das Magma aus dem Höllenreich. Und sein Wille war es, alles, was ihm unter die Augen kam, zu zerficken. Nathan sah Nathan. Was war er geworden? Er hatte einen Schweinekopf. Er wusste: Würde er seinen Körper ins Badezimmer schleppen, würde er im Spiegel das Monster sehen. Das Monster, vor dem alle sich fürchteten. Ihm wurde wieder übel, diesmal von seinem eigenen Selbstmitleid. Er selbst war egal. Er könnte verschwinden. Er war ja schon verschwunden. Den anderen würde es besser gehen ohne ihn. Er sollte tief in den Wald gehen und nicht mehr rauskommen. Und dann? Jubel? Nein. Mitleid? Unverständnis? Vielleicht. Aber was würde das bringen? Chancha Bruja würde nicht verschwinden. Nicht mal ein bisschen. Sie hätte gewonnen. Aber wenn er sie ist, hätte er nicht gewonnen? Nein, er ist kein Dämon. Dämonen ändern sich nicht. Die Geschichten sind voll von ihnen. Sie sind uralt und bleiben gleich. Setzen sich fest. Verfluchen ihre Opfer. Egal, wo auf der Welt. Sie stecken in allen Menschen, und wer nicht aufpasst, wird von ihnen gefressen. Meistens von hinten, von wo man sie nicht sieht. Er hat Glück gehabt. Er spürte Glück. Er durfte seinen Dämon sehen. Er sieht ihn jetzt in diesem Augenblick. So ein Riesenviech in so einem dürren Körper. Aber er war mehr als das. Das Viech ist ein Teil. Er könnte es ablegen. Menschen tun das. Sie haben Reue. Warum? Weil sie die anderen lieben. Weil die anderen so sind wie sie. Das Gleiche, jede mit einem Kosmos aus Dämonen. Und Engel? Wo sind die guten Feen? Auch in ihm? Bestimmt. Er müsste sie nur rausholen, irgendwie. Beten. Bete, du Schwein. Er kannte kein Gebet. Alle vergessen, die guten zumindest. Die Erde lebt. Das war Violetas Stimme. Die Erde ist lebendig, und wir quetschen die Tiere auf ihr aus. Bete zur Erde. Bete, dass sie keine Hölle wird.

Chancha Bruja setzte zum finalen Angriff an. Es kam auf ihn zugerannt. Jetzt. Er stellte sich auf. Er stand jetzt wirklich. Beine fest im Boden, Rumpf gedrungen. Zum Aufprall bereit. Sein Kopf ist stärker, sein Herz ist stärker. Das Biest wird ihn nicht töten, dieses Biest nicht. Es kam mit seinen Hauern. Als es da war, öffnete Nathan sich und hatte es in seinen Armen. Es war ganz weich. Es bewegte sich, wehrte sich. Aber es war ganz weich. Es hatte keine Kraft. Nathan schaute in die kleinen violetten Knopfaugen. Er gab ihm einen Kuss auf die stinkende Schnauze. Dann ging er zu Boden.

Flattern, Flügelschlagen, helles Summen. Libellen summten. Neugierig. Friedlich. Die Menschen, die ihm zugeschaut hatten, hatten genug gesehen. Seine Freundinnen und Freunde daheim, seine Familie, Violeta, die anderen. Sie jubelten nicht, aber sie buhten auch nicht. Sie machten einfach das, was sie immer machen. Wäsche waschen. Miteinander quatschen. Filme gucken. Alles durcheinander, alles gut. Nathan erbrach einen braunen Schwall in den Eimer, den Violeta ihm vors Bett gestellt hatte.

12

Nathan öffnete die Zimmertür und trat aus seinem abgedunkelten Zimmer hinaus. Das Sonnenlicht ließ ihn die Augen zukneifen. Ein neuer Morgen. Er fühlte sich ausgeleert, als hätte er sein bisheriges Leben in den Eimer gekotzt, neben dem Bett stehen gelassen. Und jetzt fing ein neuer Tag an. Die Sonne schien durch ihn durch wie durch ein leeres Glas. Ein Glas Wasser wäre jetzt schön. Und vielleicht etwas Reis mit Bohnen. Er rieb sich die Augen und streckte sich. Die Vögel zwitscherten, ein rosafarbener Schmetterling flatterte im Himmel herum.

Am Ende des offenen Flures sah er Urs in der Hängematte liegen, neben sich sein Koffer samt Rucksack. Er trug eine Spiegelsonnenbrille und hob die Hand gechillt zum Gruß. Nathan ging zu ihm.

»Welcher Tag ist heute?« Seine Stimme krächzte vor Heiserkeit.

»Montag«, antwortete Urs. »Abreisetag. Violeta meinte, du würdest heute wahrscheinlich auch weiterziehen wollen?«

»Da hat sie tatsächlich recht«, sagte Nathan mit einem Lächeln.

»Geht es dir jetzt besser? Was machen deine Halluzinationen?«

»Die haben vor ein paar Stunden aufgehört. Ich glaube, ich bin durch damit.«

»Hat Violeta dir helfen können?«

»Was war das, Urs?«, rief Nathan aus vollstem Erstaunen. »Ich habe mit Monstern gekämpft. Ich habe Dinge gesehen, die ich mir nie aus eigener Kraft hätte vorstellen können. Ich habe so viele Erinnerungen aus mir hervorgeholt, dass ich nicht mehr den Unterschied zwischen mir, den anderen, lieben Engeln und triebhaften Dämonen begreifen konnte.«

»Klingt nach 'nem ziemlichen Trip«, sagte Urs.

»Ja. Nein. Ich bin verwirrt. Nein, nicht mehr verwirrt. Im Gegenteil, es ist eigentlich alles ganz einfach. Ich habe nur an mich gedacht. Und dabei habe ich nicht gemerkt, wie sich die Bestie angeschlichen hat.«

Urs setzte sich in der Hängematte auf. »In irgendeiner Weise sind wir alle so«, sagte er. »Willst du ein Stück Schokolade?« Er hielt ihm etwas Alufolie mit seiner Schweizer Schokolade hin. Nathan ließ das süße Stück in seinem Mund zergehen.

»Wir nehmen den Kakao aus dem Regenwald, fliegen ihn nach Europa, mischen ihn mit Zucker und Milch und verkaufen ihn als unsere Spezialität«, sagte Nathan.

»Und hier ist es Luxus«, sagte Urs. »Ich bringe die Schokolade zurück hierhin, verschenke sie, und die Leute lieben mich dafür.«

»Das ist ziemlicher Wahnsinn«, sagte Nathan.

»Kleiner Tipp«, sagte Urs. »Wenn du noch mal hierhin möchtest und Violetas Gastfreundschaft genießen willst, ohne Hexerei, bring ihr ein paar Tafeln mit. Das ist ihre große Schwäche.«

»Ich weiß wirklich nicht, ob ich hierhin zurückkehre. Wo ist sie jetzt?«

»Nicht zu Hause, sie ist in die Berge gefahren.« Nathan war enttäuscht, aber spürte auch etwas Erleichterung. Was hätte er ihr auch gesagt? Sollte er sich entschuldigen? Entschuldigen. »Wo ist Ingrid? Ich muss ihr noch was sagen.«

»Ingrid ist mit den anderen heute noch vor Sonnenaufgang abgereist. War eine nette Party gestern. Schade, dass du nicht rausgekommen bist.«

»Oh. Hat sie noch etwas gesagt?«

»Über dich?« Urs überlegte kurz. »Nein, eigentlich nicht.«

»Okay. Dann schreibe ich ihr noch.«

»Sie dürfte gerade im Flugzeug nach Hause sitzen. Keine Ahnung, was du ihr schreiben willst, aber auf ihrer Nica-Nummer wirst du sie sicher nicht mehr erreichen.«

»Oh. Mist.« Nathan hätte ihr danken wollen, dass er so alleine war und sie sich so lieb um ihn gekümmert hatte. Und sagen, dass es ihm leidtat. Sein ganzes Ding. »Mir ist peinlich, wie ich mich verhalten habe«, sagte er.

Urs stand auf, schnallte sich einen Rucksack um und schnappte seinen Rollkoffer. »Man kann sich nicht von jedem verabschieden, den man unterwegs kennengelernt hat. Und auch nicht immer alles glattbügeln, was man versaut hat. Tröste dich damit, dass sie dich wahrscheinlich schon fast vergessen hat.« Er hielt ihm die Hand hin. »Mach's gut, Nathan, und safe travels!«

Nathan schlug ein. »Dir auch. Alles Gute.«

Nathan brauchte nicht lange, um seine Sachen zu packen. Er würde einfach zu den Bussen gehen und den nächsten nach Granada nehmen. Oder Ometepe. Oder direkt nach Costa Rica. Ein warmes Kribbeln machte sich in ihm breit. Das war seine erste Station gewesen. Der Anfang seiner Reise.

Er verließ sein Zimmer und ging an der Küche vorbei. »Ca-CAW« machte es auf Ohrenhöhe, als er am Gitter stand. Pacco? Ein kleiner grüner Papagei saß da. Hatte Pacco auch so einen orangenen Schweif am Flügel gehabt? Nein.

»Nathan!« Auf dem Küchenschemel saß ein Dude mit pinkem T-Shirt und Touristenhut.

»Ja?«, fragte Nathan zurück.

»Das ist Nathan. Der Vogel heißt so. Cooles Viech, oder? Ich bin Jackie. Wollte gerade einchecken. Du bist aus Zimmer zwei? Kannst mir den Schlüssel gleich geben, hat Violeta gesagt. Sie ist gerade unterwegs.«

»Das bin ich jetzt auch«, sagte er dann. »Goodbye und safe travels!« Er legte seinen Zimmerschlüssel auf den Küchentisch. »Und sei vorsichtig«, sagte er und zeigte auf den Vogel. »Diese Viecher beißen.«

»Bin ich schon«, kam es lachend zurück. »Soll ich Violeta noch etwas ausrichten?«

Der kleine Nathan trillerte: »*Ca-CAW*.«

»Sag ihr nur danke«, sagte Nathan und ging nach draußen.

Schlusswort

Bedanken möchte ich mich bei allen Menschen, die ich auf meinen Reisen kennengelernt habe. Reisebekanntschaften gelten als flüchtig und oberflächlich — nicht selten sind sie das auch. Aber: Menschen in der Fremde zeigen einem schonungslos, wer man selber ist. Und sie können einem eine unvergessliche Zeit bescheren.

Ganz besonderer Dank geht an Jana, die tapfer testgelesen, Gestaltung und Buchsatz realisiert, und mich immer ermutigt hat, weiterzumachen.

Tino Falke danke ich für die Unterstützung durch sein gründliches Lektorat und Korrektorat sowie seine wertvollen Hilfestellungen.

Danke auch Dir, dass Du meine erste längere veröffentlichte Geschichte zu Ende gelesen hast. Es sind mehr in Arbeit. Die nächsten Reisen mit mir werden fantastisch, psychedelisch, grauenerregend und abgedreht sein.

Für Neuigkeiten von mir trag Dich in meinen Newsletter unter romanmaze.com ein. Schreibe gerne eine Rezension und verteile ein paar Sterne auf der Plattform Deiner Wahl. Fragen und Feedback kannst Du an post@romanmaze.com schicken.